プラチナ文庫

そして蝶は花と燃ゆ

犬飼のの

"Soshite Chou wa Hana to Moyu"
presented by Nono Inukai

プランタン出版

イラスト／Ciel

目次

※本作品の内容はすべてフィクションです。

序章

「……ぐっ、ぅ……んん、ぅっ……うぅーっ！」

桐弥《きりや》は腰を引いた雨柳《うりゅう》に口を塞がれ、そのまま顎を上向かされる。

必然的に粘液を飲み込んでも解放されることはなく、もう片方の手で上腕を摑まれた。

「立て」

「……ん――……ぅっ！」

壁に背中を滑らすように立たされた時にはもう、制服のズボンを下ろされていた。同時に下がった下着と共に、途中から足で踏み抜かれる。そして剝き出しになった脚を、一気に抱え上げられた。

「――……!!」

体が不安定に浮かされて、双丘の狭間が開いてしまう。残滓《ざんし》に濡れた雨柳のペニスが、斜め前から宛《あて》がわれた。

「この体が誰の物か、わからせてやる」

「……っ、う……ぐ、ぅ――っ!!」

心の中では、絶叫したつもりだった。

水無月《みなづき》がすぐ側にいることも、ここが組本部だということも無関係に、体が訴えるまま悲鳴を上げたつもりでいた。けれど実際には大きな手で口を塞がれており、呼吸をするのがやっとだった。

「俺の助けがなければ大層な声が出そうだな。惚れた男に、見られたいのが本音か？」

「うっ、う、ぅ――……！」

呻《うめ》いているその間も、片脚を脇に抱えるようにして攻め込まれる。斜め下からずぷりと挿入される凶器の如きペニスは、確かにぬめりを帯びていた。さながら解《ほぐ》されてもいない秘孔を抉《こ》じ開けられる痛みは凄まじく、突き上げられる度に意識が飛びそうになる。

「……ッ、ハハ……さすがにきつい、ギチギチとよく、締めつけてくる……っ」

「んっ、ふ……ぅ、ぐ……うぅ――……っ!!」

至近距離にある雨柳の顔は、半面のみが月光に照らされていた。

桐弥を犯しながら、上下に、前後にと揺れ動くその顔には、雨柳の持つ様々な表情が見え隠れする。

人を殺《あや》めて高揚する極道の顔、罪業をストレスとして抱え込む実業家の顔、猜疑心《さいぎしん》と独占欲の入り混じった男の顔――ありとあらゆる感情が複合体としてそこに存在し、本人も止められない衝動に駆り立てられているように見えた。

「――……ぁ、はっ、ぁ……っ！」

ようやく口を解放された桐弥は、恐ろしく深い所まで雨柳のペニスをくわえ込む。

彼に両手で膝裏を抱えられ、否応《いやおう》なしに体重をそこに集中させられた。これまで知っていた最奥が浅かったと思えるほどに、硬い膨らみが奥へ奥へとやってくる。

「ひっ、いゃ、ぁ……いっ、あぁ――……っ！」

うなじや肩を壁に強く当てられて、浮かされては沈められた。

攣《つ》りそうなほど反らした爪先が、雨柳の肩越しで揺れている。

「……ぃ、ぁ……はっ、あっ、あぁぁぁ――っ‼」

このまま体を真っ二つに裂かれる気がして、窮地の桐弥は指先を攻撃的に動かす。

さながら雨柳の肩に手を伸ばした瞬間、シャツの下にある刺青《いれずみ》が脳裏を過《よぎ》った。

「――誰にも……お前は誰にも、渡さない」

「雨柳……さ……っ」

彼の言葉を耳にした刹那、頭の奥で緋牡丹《ひぼたん》が咲き誇る。

必死で爪を立てて抗いたくても、痛みを返したくても、その花を傷つけることだけは、決してできなかった。

1

『極道』とは、対外的に『ヤクザ』と呼ばれる人間が自らを美称する呼び名である。

名門博徒《ばくと》鳳城《ほうじょう》組四代目組長、鳳城桐昌《きりまさ》の嫡子桐弥は、その二つの呼称を聞いて育った。

家の中では誇らしげに、極道とは何たるかを語り聞かされ、学校ではヤクザの息子として蔑《さげす》まれてきた。

如何に近隣住民を気遣って静かに暮らしたところで、ただそこに存在するというだけで周囲に緊張を与え、地価を下げてしまう存在——非指定ながら紛れもない暴力団、鳳城組。桐弥が好むと好まざるとにかかわらず身を置くのは、その中枢だった。

自宅を兼ねた鳳城組本部の裏庭で、桐弥は焼却炉の前に立つ。『暴力団追放運動中』『ヤクザは出ていけ』とマジックで落書きされた教科書を、小さな扉から放り込んだ。表紙に貼られたポリプロピレンが瞬く間に浮き上がり、焦げ茶になって歪んだ舞を踊る。

車で一時間以上かかる私立高校に入学して二年が経ち、桐弥は三年生になっていた。

都外の学校を選んだものの素性を隠すことはできず、悪い噂は尾鰭《おひれ》をつけて広められるものだった。こういった嫌がらせは盛り上がったり落ち着いたりを繰り返し、小学生の頃から延々と続いている。

「情けない……」

桐弥は独り佇《たたず》み、パチパチと鳴る炉の中を眺めながら声に出してみた。

いっそのこと極道の家に生まれたことを悔やんで、好きでこんな家に生まれてきたわけじゃないと反発できるなら楽だった。それとは真逆に、自分も極道として生きると決断し、開き直れるならそれでよかった。

家と学校を行き交うように、極道とカタギの世界の境界を跨《また》ぎ、どちらに留まるべきか迷い続ける——そんな己の心が、何よりも情けなく思えた。


梅雨の晴れ間を利用して焼却炉を使っていた桐弥は、西日を避けて体ごと横を向く。視線の先にある二階建ての日本家屋は、一見すると古びた旅館のようだった。裏庭に面している廊下には、ガラスの嵌《は》まった格子戸が張り巡らされている。ガラスを通してほとんどの部屋の障子や襖、そして階段まで目にすることができた。誰がどの部屋から出てどのように廊下を歩き、どこに向かうのか見える様は、蟻の巣の断面図を連想させる。

「！」

突如二階の広間の障子が開いて、男が出てきた。

鳳城組に二人いる若頭補佐の一人、雨柳道風《みちかぜ》――黒スーツが非常に良く似合う、長身の美丈夫である。その威望といい凛々しく整った見目形といい、否応なしに人目を惹《ひ》いて、相手を緊張させる力を持った男だった。

彼に続いて広間から続々と出てきた男達は、右へ左へと散っていく。いずれも鳳城組の構成員だったが、その中に三人だけ見習いの準構成員がいた。

彼らは大安吉日の日曜日である明日、二年から三年の見習い期間を終えて組長の盃を受けることになっている。今この瞬間まで、明日の段取りをつけていたようだった。

「水無月……」

若い準構成員、水無月青江《あおえ》に向かって、桐弥はそっと呼びかけた。

自分の声とは思えないほど、ほんのりと色づいた声になったのがわかる。

塀寄りの裏庭の外れと建物の二階であり、桐弥の声が届くはずはなかった。それでも彼は反応し、まるで聞こえたかのように笑顔を向けてくる。窓ガラスを通して視線が斜めに繋がって、「明日の打ち合わせ?」「はい、今終わったとこです」「御苦労様」「すぐそっちに行きます、待っていてください」と、糸電話の如く会話することができた。

桐弥は水無月の姿を目で追って、二階の廊下を足早に進む姿や、階段を駆け下りる様をずっと見ていた。そしてようやく、裏庭に続く扉が開かれる。

「桐弥さん、何してはるんですか?」

「不用品を処分していたんだ」

「そんなこと自分に言ってください。火傷でもしたらどないするんですか」

連日の雨でやや湿った土の上を駆けてきた水無月は、すぐさま焼却炉の扉を閉める。舞い上がっていた火の粉は遮断され、炉の中の音も聞こえなくなった。

「いよいよ明日だね、おめでとう」

桐弥が先程の目線会話の続きを口にすると、水無月は「ありがとうございますっ！」と声を弾ませる。梅雨の晴れ間のように明るく、清々しい笑みだった。

「この二年間、いつも美味しいお弁当を作ってくれてありがとう」

「恐れ多いことです。今思うと、最初の頃のはほんまに酷いもんやったと反省してます」

「ううん、最初から美味しかったよ。だんだん手が込んできたのは確かだけど。来週からはもう食べられないんだね、ちょっと寂しいよ」

「きょ、恐縮です」

嬉しさ半分恥ずかしさ半分といった顔をする水無月青江は、今年二十二歳になる関西出身の青年だった。見事に鍛え抜かれた体軀《たいく》と涼しげな容色を持つ、当世風の二枚目である。暴走族上がりだったが、二年前に鳳城組の金門を潜ってからは真面目に務めていた。昔ながらの伝統に倣って、飯炊き仕事を始めとする家事雑用全般を修行としてこなし、その他に運転手やボディーガードはもちろん、賭場を開帳する際の立ち番から鯉の餌やりまで、見習いとしてありとあらゆる仕事に従事してきた。何をやっても人より器用にこなす才覚がありながら、決して驕《おご》らない性格の男である。

「君がここに初めて来た時、この人は残るなって確信してたんだ。本当だよ」

「恐れ入ります。あの日のことは今でも時々夢に見ます。御大の横に座ってた桐弥さんをお嬢さんと間違えて、失礼な挨拶をしてしまって」

「そういえば入門の時、どうしてもうちに入りたいって凄く熱かったよね。あれは何故？今時の人は広域組織に憧れるものなのに」

「それは……」

「あ、言いたくなければいいんだ。志望動機なんて僕が訊くべきものじゃないし」

桐弥の言葉に首を横に振った水無月は、みるみる顔つきを変える。明日の朝には正式な構成員になれるという単純な喜びが、重々しい現実として切り替わったようだった。

「自分の叔父は関西で愚連隊をやっていたことがありまして、勝ちっぷりも負けっぷりも男らしい博打好きやったんです。けど博徒の多くはプライド高くて愚連隊を嫌いますんで、門前払いを食らったり言いがかりをつけられたり、色々窮屈やったと聞いてます。御大に目をかけていただくまでは、博打は好きでも博徒はいけすかないて思うてたそうで」

やや苦笑気味で語られた話に、桐弥はなるほどと納得した。

カタギの世界で愚連隊というと、チンピラとほぼ同義とされ、素行不良で定職に就かぬ者を意味する。しかしながら極道の人間が口にする場合は必ずしもそういったならず者のことではなく、極道教育や正式な盃を受けていないアウトローを差すことが多かった。

極道には『博徒』と『テキヤ』の二種があり、そのどちらも伝統や掟に従って古くから日本に根づいているが、博徒は特にエリート意識が強く、賭場を荒らしかねない愚連隊を毛嫌いする傾向にあった。

「お父さんは賭場を愛する者が真の博徒だっていう考え方だから、きっと気が合ったんだろうね。若い頃は全国の賭場を回っていたそうだし、その時に出逢ったのかな？」

「はい、だいぶ昔のことですがそうやないかと思います。その後色々あって後見になっていただいて、叔父の組は水無月組として立派な代紋掲げた極道になれたんです――生憎《あいにく》と短い間でしたが」

しみじみと語った水無月は、鳳城組四代目に対する謝意を表しながら、その息子である桐弥を見つめる。どこか憂いを帯びた目をして、身長差を無くす程度に頭を下げた。

「僕に頭なんて下げないで。ただでさえ年上の人を呼び捨てにして顎で使って……それが秩序を守るためとはいえ、本当に申し訳ないくらいなのに」

「いえっ、それは当然のことです。桐弥さんは御大の実の息子さんてだけじゃなく、胴師としても天才的な御人です。心から尊敬してますっ」

水無月の目を見て、これがおべっかではない本心だとわかっていた桐弥だったが、複雑な思いが込み上げてくる。組長の息子であることも、胴師としての才能があることも、天もしくは父親から与えられた物に過ぎず、彼の尊敬を得るに値するとは思えなかった。

「――それで、水無月組はその後どうなったの？」

「あ、はい、組は三年ほど前に潰れました」

「潰れた？　どうしてまた……」

「地元の極道に賭場を荒らされまして、報復応酬するうちに叔父は殺されたんです。なにしろ関西極道は本気でチャカぶちかましますんで。それで抗争寸前てとこまでいったんですけど、御大が入って手打ちの段取りをつけてくれはったんです」

桐弥は焼却炉から伝わってくる熱を感じながら、かける言葉もなくなって俯く。

極道が極道を取り締まる規律の厳しい関東では、任侠映画のような撃ち合いはまず考えられない。ところが関西ではルールが違い、そういった事件が稀に起きていた。実際には縁遠くても、世間的に見れば同じように危険な存在と見なされることも承知している。

「叔父の組には愚連隊上がりの荒くれ者が多かったこともあって、結局御大のお骨折りを無駄にして報復繰り返して潰れました。自分は族を抜けたものの何したらええか迷ってた頃で、盃の絆を大事にしてくれはった御大の心意気に惚れたんです。暴力一辺倒やない、誇りを持った博徒になりたいて思いました」

水無月は潔い形の眉を寄せると、腿に当てていた手で拳を作る。自分の人生の中にある後悔と未来への覚悟を、一緒くたに握り締めているようだった。

「何をしていいのかわからない時が、君にもあったんだね」

「もちろんです、そうじゃなきゃ族なんかやってません」

「いつも真っ直ぐ前だけを見ている感じがしてたから、なんだか意外だよ。でもちょっと安心した。僕もいつか君のように、はっきりとした目標を持てるかな？　一応大学にいくつもりなんだけど、どういう方向に進みたいのかまるでわからなくて」

そんな自分が情けないんだ……とつけ足そうとした桐弥は、青竹を割ったような水無月の男振りを前に口籠る。十八になった今でさえ、男なのか女なのかと迷われてしまうような――さらにはカタギの人間なのか極道の人間なのか曖昧な自分と比べると、何もかもが旗幟《きし》鮮明で、眩しく見えた。

「目標とかそんなんは、上の学校に進んでからゆっくり考えたらええと思います、四年もあるんやし。無理に考えなくても、出逢い一つでいきなり決まるかも知れません」

水無月は前向きな可能性として語りながらも、目では断定していた。高等学校と自宅という狭い世界から飛び立てば、新たな経験と出逢いを通して未来が見えてくるに違いないと、思わせてくれる目だった。

桐弥は「ありがとう」と短く礼を言って、さりげなく目をそらす。心の中で暗く濁っていた未来への展望に、一条の光が射すのを感じていた。水無月と一緒にいるとコンプレックスを刺激されることもあったが、最後はいつもこんな気持ちになる。雪雲のような憂いが爽やかに晴れて、身も心も明るく照らし出されるようだった。

「明日のこと、本当におめでとう。淋しい部分もあるけど、心から祝福するよ」

「ありがとうございますっ！」

夕陽に温もる六月の空の下で、笑みを交わした瞬間だった。

「！」

肌に突き刺すような視線を感じた桐弥は、前髪が揺れる勢いで二階を見上げる。

窓ガラス越しにこちらを睨み下ろしていたのは、若頭補佐の雨柳だった。

(雨柳さん……)

その姿を見た途端、桐弥の体は麻痺したように強張る。

やたらと整っていることを除けば、如何にも極道の男といった風格を持つ雨柳は、常に某かのオーラを発している。傍から見るとそれは、野心や怒気のように見えた。

「桐弥さん？　あ、補佐がっ、俺に何か御用やろか？　ちょっといってきますっ」

距離があるため雨柳がどこを見ているのか、視線を確かに感じている桐弥以外にはわかるはずもなかった。

鳳城組では、組長の下に若頭、そしてその下に若頭補佐が二人いる。顧問を別格と考えると雨柳は上から数えて三番目の地位にあり、事実上の屋台骨といえる実力者でもある。

水無月が慌てて駆け出すのも無理のない話だった。

「——……」

桐弥は背筋がぞくりとするのを感じて、顔をそむける。それでも気になって仕方がなく、建物へと飛び込んでいく水無月を見送ってから、再び二階を見上げた。

覚悟していた姿は消えており、無意味に階段を駆け上がる水無月の姿だけが見える。

窓の一部には赤い夕陽が映り込んで、目が焼けるように痛くなった。

2

日曜の朝、鳳城組本部二階の大広間に於いて、親子縁組盃儀式が執り行われた。大広間には天照皇大神《あまてらすすめおおかみ》、神武《じんむ》天皇、今上《きんじょう》天皇と書かれた三幅の掛軸が掲げられ、上座の中央には日の丸と鳳城組の代紋が飾られている。祭壇には御神酒《おみき》や山海の恵みに並び、紅白饅頭や餅が供えられていた。

水無月青江を含む準構成員三名は、代紋の入った黒い袴姿で盃を受ける。三口半で飲み干して、懐中深くそれを納めた。三人揃って組長に向かって「よろしくお願いします」と声を揃えて頭を下げると、大きな拍手が沸き起こる。媒酌人の大儀を務める雨柳が儀式に使用した奉書紙などを、水引で縛って御神酒をかける手湿めを行い、取持人を務める若頭の猪熊《いのくま》が手締めの音頭を取った。祝いの言葉と礼の言葉を交わした後に閉式の辞が読まれ、厳粛な儀式は終了する。この儀を以て水無月青江は、正式に極道となった。

媒酌人である雨柳の娘役として介添人を務めた桐弥は、祝宴の最中に水無月の元へ向かい、自ら進んで酌をする。他の二人の新直参《ちょくさん》（本家直系組員）にも同じようにしており、宴もたけなわの今となっては、桐弥の行為は別段突飛なものではなかった。

「本当におめでとう。お父さんの力になって、鳳城の代紋を末長く支えてください」

「桐弥さん、そんな勿体ないです。こちらこそよろしゅう頼みます」

酷く恐縮しながら酌を受けた水無月は、正座したまま酒を飲み干す。次々と飲まされて多少赤くなってはいたが、引き締まった面持ちのままだった。

「結縁盃の儀に出るのは初めてじゃないんだけど、今日ほど感動したことはなかったよ。入門の時から知ってるせいかな」

「桐弥さん……」

「この二年は僕にとっても激動の二年だったし、だからなんていうか、その時期にずっと傍にいてくれた君の願いが叶ったことが、自分のことのように嬉しかったんだ」

話しているうちに瞼が熱くなってきて、桐弥は酒瓶を下ろした。水無月も目を潤ませ、見届人の名が書かれた半紙がずらりと並ぶ壁の前で、恭しく頭を下げる。

極道は特異な世界であり、水無月が選んだ道は世間から見て褒められた物ではないのだと、桐弥は重々承知していた。それでも、彼が自ら望んで摑んだ未来に違いなかった。

「！」

祝いの喧騒の中、桐弥は祝膳に影が落ちたことに気づく。水無月の顔に緊張が走るのを目の当たりにして、誰か上の人間がやってきたのだろうと予測がついた。

「桐弥」

振り返るより早く、脳髄に直接響くような声をかけられた。完全無欠な姿にこの上なく似合う美声は、一度聞いたら忘れられない引力がある。

「雨柳さん、何か御用ですか？」

天井の鳳凰画を背負って聳《そび》え立つのは、袴姿の雨柳だった。

祝いの言葉をかけにきたわけではないことは、普段以上に不機嫌な顔を見ればすぐにわかる。桐弥を見下ろしながら顎をしゃくり、無言のまま「来い」と命じていた。

広間から西側の廊下に出ると、池や焼却炉のある裏庭が見える。まだ日光が当たらないため、どことなく寒々しい雰囲気だった。

「今夜賭場を開くことになった」

「え、そんなっ、急に言われても困ります」

「サイだけだ。別段問題はないだろう」

障子を開いたままの廊下で、桐弥は宴席を見ながら唇を結ぶ。

雨柳の言葉は、「今夜サイコロ賭博を行うから、胴師として打て。サイコロなら花札と違って事前の仕込みも必要ないから、突然でも問題ないだろう」という意味だった。

そんな雨柳の態度に無性に腹が立ち、桐弥は負けじと睨み返す。なにしろ、賭場は夜から明け方にかけて開かれるのである。

「問題ならありますっ、いつも言ってるじゃないですか、翌日学校がある時は極力やめてください。もしくは何日か前には決めてもらわないと困ります」

「神奈川から客人が来る。赤松組の若頭だ」

「誰がこようと関係ありません、学業優先という約束でしょう」

桐弥は先程までとは打って変わって気持ちがささくれ立っていくのを感じ、同時に広間からの視線に気づいた。下座に座っている者達が、こちらに意識を向けているのがわかる。まずい……と思いながらも、雨柳を前にしていると苛立つ気持ちが止まらず、すぐに「はいわかりました」とは言えなかった。

そして、込み上げるものをどうにか抑えようと歯を食い縛った瞬間、頬を打たれる。

「うっ！」

ピシィッ！　と鋭い音がして、雨柳の手が床に向けて流れるのが見えた。今夜の賭場のことを考慮しているらしく、それほど強い力ではない。されど、長身の男が振り上げた手で顔を打たれれば、相当の衝撃はあった。

「桐弥さんっ！」

廊下の床にがくんと倒れ込んだ時、遠くから水無月の声が聞こえてきた。彼が畳の上を駆けてくるのもわかる。かといってそれを喜べる桐弥ではなく、酷く焦り出した。

いくら今日の主役とはいえ、水無月はあくまでも下位の構成員である。若頭補佐の雨柳に楯突くような真似は、許されるはずがなかった。

「新直参誕生の祝いを兼ねた賭場だ。ケチをつけるな」

「それでしたら……最初からそう言ってください。喜んで打たせていただきます」

「理由など関係ない、俺が打てと言ったら黙って打て。いちいち逆らうな」

「桐弥さんっ、大丈夫ですか？」

すでに広間中の注目を浴びている雨柳と桐弥の元に、水無月は独り現れた。立ち上がりやすいよう手を貸そうとしていたが、桐弥は頼ることなく床に両手をつく。

「申し訳ありませんでした。精一杯務めさせていただきます」

「桐弥さんっ！」

水無月が余計な口出しをしないように、雨柳が恥を掻《か》かないように、桐弥は深々と頭を下げた。袴を通して廊下の冷たさが伝わってきて――自分の立場や、置かれている状況というものを思い知らされる。

悩んでいるのは、極道の家に生まれたという不可抗力な事象ではなかった。親が極道だからといって、それを恥じる思いは欠片《かけら》ほども持ち合わせていない。ヤクザの息子と罵られようと、嫌がらせを受けようと、親を恨んだことは一度もなかった。

「見苦しい。さっさと部屋に戻れ」

「はい、失礼致します」

桐弥は頭を下げたまま言うと、沈黙と注目の中で静かに立ち上がる。

この二年間抱え続けている問題は、カタギの高校生を装いながら、極道の世界に足を踏み入れているという現状だった。内々の略式ではあったが、桐弥はこの男——雨柳道風と、極道の盃を交わしているのである。


祝宴の途中で抜けた桐弥は、離れにある自室に戻った。

鳳城家が先祖代々所有している土地は、都内としては贅沢すぎるほど広い。組本部のある母屋とは別に鳳城家個人宅となっている離れがあり、渡り廊下で繋がっていた。いずれも古い建物ではあったが手入れが行き届き、趣はあれど見苦しさは微塵《みじん》もない。

桐弥の部屋は建物の外観とは裏腹に洋室になっていて、母親の趣味であるアンティークの家具が配され、ペルシャ絨毯が敷き詰められていた。

「桐弥さん、これでよく冷やしてください。少し腫れてます」

祝宴が終わった後すぐに飛んできた水無月は、冷却剤を包んだタオルを差し出す。自分の頬が痛むかのように顔を顰《しか》めながら、桐弥の様子を逐一窺っていた。

「大したことないから気にしないで。口答えした僕が悪いんだし」

「せやけどっ」

雨柳が桐弥に手を上げたことは何度もあり、その度にこんな表情を見せて心配する水無月だったが、今日は特に顕著だった。新直参誕生の祝いを兼ねた賭場が発端ということもあって、責任を感じているのは明らかに見て取れる。

「何も……あんなふうに殴らんでもええと思います。桐弥さんは御大の代理で胴師を務めはるけど、本来はカタギの御人や」

「カタギ？」と鸚鵡《おうむ》返しにした桐弥は、男子高校生の部屋にあるのは不自然な鏡台に向かいながら、水無月の言葉を胸の内で否定した。たとえ体調の優れぬ父親の代理とはいえ、賭場に出てツボを振っていて、カタギを名乗れるわけがなかった。それ以上のことを彼は知らなかったが、現実はさらに重く、極道の人間である雨柳と盃を交わしているのである。

大学に通って普通の将来を考えること自体が、片腹痛い話に思えた。

「僕はカタギじゃないと思うよ、もう手を汚してるわけだし」

「桐弥さんは事情があって胴師をしてはるだけなんやし、手を汚すだなんて言い方しなくてもええと思います」

「でも犯罪者だよ。刑法第一八六条で禁止されている賭博行為を、この二年の間に数え切れないくらいやってきた。そして今夜もまたやるんだ」

「桐弥さん……」

「毎日学校にいってるとね、自分はとんでもないことをやってるんだって、ふとした瞬間に気づくんだ。先月も、万引きで補導された下級生が退学になったとかで、大騒ぎだった。それを聞いた時に凄く思ったよ。僕はすでにカタギの感覚を失いつつあるってね」

桐弥は鏡に映る顔に冷却剤を当てながら、利き手を開く。

元はといえばお前がいけないんだよ——と、自分の手に責任転嫁したいくらいだった。

事実この手が桐弥を極道の世界に引き込み、放さないのである。

そもそも桐弥の父、鳳城組四代目は日本随一と謳われるツボ振りだった。賭博といえば花札が主流になった現代に於いて、サイコロ賭博を行える数少ない胴師である。そしてその才能は、たった一人の息子に色濃く受け継がれていた。ツボの中で好きな目を出すには、カクフリ九年といわれる厳しい修行が必要とされているが、桐弥は十代前半にしてすでにマスターし、博徒垂涎の天才胴師として嘱望された。賭博を何より愛する四代目が、我が子にありとあらゆる技術を——イカサマ四十八手のすべてを授けるべく、英才教育を施すようになったのは自然な流れだったのである。

「お母さんは僕を絶対にカタギにする気でいたから、普段は仲がいいのにそのことではお父さんと喧嘩ばかりしてたんだ。僕はどうしていいのかわからなくて、お父さんを喜ばせたくて腕を磨き、お母さんを喜ばせたくて学校の勉強を頑張った。情けないことにいまだにその延長線上にいて、自分の気持ちはよくわからないままだよ。どういうカタギになりたいっていう明確な希望があるわけじゃないから、このままなんとなくズルズルと極道になったとしても……悔やむ資格もない気がするし——」

「桐弥さんがどちらに進むにしても、気持ちがはっきりするんはこれからやと思います。なんとなくのまんまな人生なんてありえへんから、心配せんでも大丈夫です」

鏡越しに力強く語りかけてきた水無月に、桐弥は黙って笑みを返す。聞き苦しい愚痴を零《こぼ》して慰められているという自覚はあったが、それでも嬉しかった。極端な二つの世界を行き来する自分を知っている彼が——運転手として世話係として、いつでも傍にいてくれた彼が、どちらの道も押しつけずにいてくれることがありがたかった。

「水無月、いつもありがとう。それと今日は本当にごめんなさい。御祝いの席であんなことになってしまって、反省してるよ」

「そないなこと気にせんでください。桐弥さんが悪いわけやありません」

「僕が悪いんだよ。雨柳さんに逆らっちゃいけないって頭ではわかってるのに……ついね、あの人を見てるとイライラするっていうか、カッとなってしまう時があるんだ」

鏡越しでいつまでも話しているのも不自然に思い、桐弥は鏡台の椅子に座ったまま体を斜めに向ける。頬が十分に冷えたのでタオルを下ろして直接触れると、腫れはもう引いていた。

「桐弥さん、自分は以前からどうしても……いやもし許されるんやったらの話やけど、桐弥さんにお訊きしたいことがありました。見習いのうちはほんまの身内とは言えへんから、出過ぎたことやと遠慮してたんやけど」

「雨柳さんのこと？」

桐弥の推測は的中し、水無月は不意打ちを食らった顔をする。少し間を置いてから躊躇《ためら》いがちに頷いて、「なんで桐弥さんにあないな態度を取れるんか、不思議で……」と呟くなり唇を結んだ。彼にしては歯切れが悪く、訊いてよかったのだろうかといまだに迷っている様子だった。

「奇妙に見えるだろうね、雨柳さんの上にいる若頭は僕を呼び捨てになんてしないし」

「はい、御大の息子さんてだけでもそうなるとこやと思います。まして御大の御体が万全やない今は、鳳城組が博徒でいるために欠かせへん御人や。もちろん補佐が凄い人やということはわかってます。それと、補佐が株やら土地やら動かして得るシノギと比べたら、博打のシノギは些細な物やとも聞きました。けど、博徒にとって博打は誇りや。シノギの問題だけやないはずや。せやから補佐は桐弥さんをもっと大事にするべきやと、思ってしまいます。考え方どこかおかしいやろか？」

一気に問い質した水無月は、やや興奮気味だった。二年間一度も踏み込むことのなかった領域に足を踏み入れ、飲酒で赤くなった顔をさらに赤くする。

雨柳が桐弥に手を上げる度にこうして冷却剤を用意して傍にいた彼だったが、これまでは労《いた》わるばかりで余計なことは一切口にしなかった。どれほど訊きたかったのか、不満を訴えたかったのか、抑えていた気持ちが窺い知れた。

「ずっと気にかけてくれていたんだね、ありがとう。おかしいことなんて何もないよ。でも、雨柳さんは特別なんだ」

「特別？　どう、特別なんですか？」

桐弥は再び鏡の方を向き直ると、鏡台に取りつけられている抽斗《ひきだし》を開ける。使用頻度の低い段に納めていた桐の箱を、両手で慎重に取り出した。

「今の博徒はどこも博打以外でシノギを上げていて、金銭貸借とか債権取り立てとか色々なことをするでしょう？　でもお父さんは職人肌というか、昔気質《かたぎ》の胴師だから極道の多様化についていけないところがあって、うちは風前の灯だったんだ。組員の生活を守るためとはいえ広域に吸収されるのだけは避けたかったから、土地を全部売って事務所を借りるなりして、どうにか代紋を守ろうとしていたんだよ。そんな時に雨柳さんが来てくれて、魔法のようにお金を作って助けてくれたんだけど……」

桐弥は幼少期の出来事を思い出しながら、桐の箱の蓋を取り除いた。

まず見えたのは張りのある懐紙で、指先で開くと包まれていた物が現れる。

それは胸にずしりと伸しかかる盃――忌々しいほど重くとも、大切には違いない絆の証だった。

「桐弥さん、それはっ」

「病気で倒れた時、お父さんは僕に、一時的に自分の代理を務めるようにと命じたけれど、カタギが胴師を務めることは許さなかった。だからもっとも信頼している雨柳さんとの間に、略式の盃を交わさせたんだ。そうすれば組員とまではいかなくても、極道の人間の弟として、同じく極道でいられるからね。しかもそれは、七三の兄弟盃だった」

「七三言うたら、親子同然やないですかっ」

水無月は驚きを禁じ得ない様子で、目を大きく見開いた。桐弥が極道の人間と盃を交わしていたこと、雨柳との間に親子同然の誓いがあったこと――二年間誰よりも近くにいながらもその事実を知らなかった彼は、疑問が解けると同時に狼狽する。

「酷や、あまりにも酷な話や。代理で盆に出る前に盃を交わしたいうことは、二年前ってことやろ？　桐弥さんが十六の時やないですかっ」

「――でも、今言われるよりは深く考えなくてましだったのかもしれない。その時はまだ盃の重さなんてわからなかったから。それに、雨柳さんとなら兄弟でも親子でも、何でもいいと思ったんだ。あの人は鳳城組にとってかけがえのない人だから……お金のことだけじゃなくて、うちが名ばかりではないれっきとした博徒を誇るために、賭場が如何に大切かを、よくわかっている人だから。それを、きちんと守ってくれる人だから」

さらに驚く水無月を余所に、桐弥は盃をそっと撫でた。かつて酒で満たされたそこに、過去と現在の雨柳の姿が、交互に浮かび上がってくるようだった。

「桐弥さん？」

「雨柳さんは……昔は、あんな人じゃなかったんだ……」

3

桐弥が高校に入学して、二ヶ月ほど経った頃だった。この時すでに若頭補佐を務めていた雨柳は、自らの立場を弁《わきま》えることなく何かと桐弥の世話を焼いていた。とはいえ桐弥の世話係としては見習いの準構成員がいて、雨柳は若頭補佐として常に忙しく、二人が共に過ごす時間は決して長いものではなかった。それでも、高校受験の際には家庭教師になり、学校でのイジメを知っては相談に乗り、雨柳は常に、桐弥の心の中に存在していた。

「フダの細工は本来、仕掛けた胴師本人がわかればいい物なんですけど、鳳城の仕掛けは代々受け継ぐべきかと思っています。もちろんよほど信用できる胴師候補ができてからの話ですけど」

「信用はともかく、腕が問題だな。御大や坊と比べるのがそもそもの間違いだが」

「一番の候補だったお弟子さんは喧嘩で肘を悪くしてしまったし、このままだと跡継ぎがいなくて困りますよね」

「他人事みたいに言ってくれるな」

雨柳は苦々しい笑みを見せつつ、煙草に火を点ける。組本部二階にある作業室に二人で詰めており、桐弥は花札にケイリという細工を施し、雨柳は休憩と称して見物に来ていた。

ケイリとは花札のワタの部分に極細の化繊を貼り込ませるイカサマの一つで、自然発生したとしか思えないような模様を描き、胴師だけがわかる印をつける手口だった。博打の世界でイカサマは至極当然なことで、そこに良心の呵責は無用といえる。肝心なのは見破られない完璧な仕込みと、それを駆使する技術であり、すべては胴師の才覚が物を言う。

イカサマはサイコロでもフダでも多種多様な物があったが、鳳城組四代目はカクフリができるため、サイコロに関しては仕掛けを施す必要がなかった。腕のみで自在な目を出せるのである。しかしながら常にサイコロ賭博のみを行うというわけにはいかず、今や主流となっている花札賭博を行うことも多々あった。その際には桐弥がこうして仕込みを施し、父親の仕事を減らす。四代目の体調は、この時すでに思わしくなかったのである。

「いつ見ても手先が器用だな、こればかりは御大を上回る。指が細いせいか？」

「理由はわかりませんけど、器用なのは確かみたいです。家庭科の課題で縫物をしたら、ミシンより綺麗だって褒められましたよ」

白煙がゆらりと上がる作業室に、二人の声が交互に響く。鳳城親子と雨柳以外は立ち入ることのできないこの部屋は、二階にありながらも地下室のような趣だった。窓が無い上に常に整然と片づいており、微かな笑い声さえ反響する。

「針が落ちてるぞ」

「あ、すみません。いつの間にそんな所に……」

雨柳は灰皿を自分の方に寄せると、道具箱から落ちた針を指差した。作業台に転がっていたそれにギュッと指を押し当てて、貼りつけて浮き上がらせる。剝がれ落ちる前に速やかに摑むと、先端を押さえながら差し出した。

「ありがとうございます」

これから使うつもりだった針を受け取った桐弥は、何の気なしに雨柳と目を合わせる。見る度に、女性が放っておかないだろうな……とつい考えてしまうほどの男振りを前にして、視線を外せなくなった。

「どうかしたか?」

「あ、いえ……あの、雨柳さんはいつお嫁さんをもらうのかなって思って」

「出し抜けになんの話だ?」

「だって、もてそうだから」

脈絡のない桐弥の言葉に無言で笑った雨柳は、煙草を口に運ぶ。興味を無くしたかのように明後日の方向を見て、煙を深く吸い込んだ。

「変なこと訊いてごめんなさい、怒りました? 悪い意味じゃないんですよ。雨柳さんはかっこいいし、頭もいいし、それに極道ってもてるんですよね?」

少し焦りながら問いかけた桐弥は、床に向けて下りていた雨柳の手が、ゆっくりと動くのを目にする。それがどこに向かうのか、考えることもなければ何かを期待してもいなかったが、追える限り追い続けた。

「！」

至近距離に迫ってきて見えなくなった雨柳の手で、頭を軽く撫でられる。

子供扱いされていると思ったのは一瞬で、髪を梳《す》く手つきに妙な違和感を覚えた。

「坊が女だったら、二ヶ月前に結婚してる」

「え……？」

「たとえ嫌がられても、御大に願い出てそうしてる」

雨柳は相変わらず明後日の方を向いたまま、桐弥の髪をくしゃりと乱す。

二ヶ月前の四月に十六歳になったことを思いつつも、桐弥はほとんど反射的に「じょっ、冗談ですよね」と笑った。

そして次の瞬間、左手に強烈な熱を感じる。

指先に針を刺してしまったことに気づくと、熱はたちまち痛みに変わっていった。

「いっ、痛うっ！」

「おいっ、何やってんだ馬鹿っ！」

「針っ、針が……っ！」

針が、針が、とさらに二度も三度も繰り返した桐弥は、ぷっくりと浮き上がる血の玉を見るなり息を殺す。それでもまだ理性はあり、細工途中の花札を守るべく、身を遠ざけるように立ち上がった。

「坊っ！」

同時に立ち上がった雨柳の胸に、背中がぶつかる。長身で肩幅の広い彼の体に包まれるように抱かれ、左手を摑まれた。

「雨柳さんっ⁉」

流れる血を断つようにして、雨柳は指先を口に含む。そうしながらスーツのポケットを探り、アイロンの利いたハンカチを取り出した。流れるように速やかな動作で、口からハンカチへと指を移す。

「すぐに消毒する。押さえてろ」

桐弥は痛みも返事も忘れて呆然としながら、身を屈めて作業台の抽斗を開ける雨柳の背中を見下ろした。特殊な薬品や工具を使うこの部屋には充実した内容の救急箱が常備されており、雨柳はそれを取り出すなり、大急ぎで消毒薬や脱脂綿を用意する。

「悪かったな、そんなに驚くとは思わなかった」

「――いえ」

手当ての準備を進める雨柳に向かって、桐弥はそれだけしか言えなかった。

唇の一部が赤く染まっている彼の横顔を目にすると――指先を舐められ、血を吸われたことを衝撃として捉えてしまう。今、何をされたんだろう、何を言われたんだろうと、考えるだけで混乱しそうだった。

「冗談だ、気にするな」

「冗談？」

「坊は女顔だし、どちらかと言えば好みだからな。立派な胸のついた女だったら、或いはその気になったかも知れないって仮定の話だ」

「雨柳さんでも……冗談とか、言うんですね」

桐弥は向けられた言葉にホッとして、促されるまま指先を預ける。雨柳が極道の人間であることや、彼自身の性格を考えると冗談は似合わなかったが、たまにはそういうこともあるのだろうと片づけることにした。

指を預けたまま雨柳と共に椅子に腰かけ、向き合って手当てを受ける。

下を向いている雨柳の伏し目がちな目や、秀麗な眉はいつも通り涼しげだった。冷静で的確に行動する彼を見つめていると、過剰に驚いた自分が恥ずかしくなる。けれど確かに、彼の唇には血が付着していた。

そしてそれはおもむろに、一文字に結ばれる。実にさりげなく、おそらくは雨柳自身何も意識せずに結ばれて――再び開いた時には血の痕跡は無くなっていた。

「！」

その時、施錠している扉の外から騒々しい足音が聞こえてきた。

当然雨柳も気づいて、手を止めて耳を傾ける。

ここは規律の厳しい暴力団本部であり、決して荒くれ者の無法な巣窟ではない。故に誰かが廊下を走る時――それは必ずといってよいほど、悪い知らせの前触れだった。


肝臓を患っていた四代目が倒れ、救急車で緊急搬送されてから丸一日が経っていた。

面会謝絶の状態が続いており、ろくに眠っていない桐弥とその母藤子《ふじこ》は、共に控え室のソファーに座っている。特別個室はすぐ隣にあって、医師や看護師が出入りする度に緊張が走った。

「姐さん、少し眠ってください。動きがあればすぐにお知らせしますから」

「……ありがとう、でも大丈夫よ」

藤子の前で膝を折り、目線を低くして言ったのは雨柳だった。これまでにも、茶を淹れたり膝かけを用意したりとこまめに立ち働き、動揺している彼女を気遣っていた。

彼自身も顔色が優れず、四代目が倒れたことに相当なショックを受けていたが、襟元を崩すことなく毅然とした態度を保っている。

「こんな時に点数稼ぎか？　御苦労なことだな」

雨柳の背後にあるソファーから、皮肉った笑い声が聞こえてきた。一夜明け、日が高くなってからようやく現れた若頭の猪熊だった。

猪熊は鳳城組四代目の盃上の弟であり、本家の若頭の他に、自分の組として鳳城組系猪熊会を作り、その会長を兼任している。五十を過ぎてなおギラギラと脂ぎった、肥満体形の男だった。

通常、幹部は組本部に近い場所に住まうのが忠誠の証として理想視されているが、猪熊はそれを無視して、郊外に大邸宅を構えている。

鳳城組本部から車で五分とかからないマンションに住まい、自分の組を持とうとはしない雨柳とは大きな差があったが、この男が雨柳の上役であり、鳳城組のナンバー2であることに変わりはなかった。

「若頭、コーヒーでもお淹れしましょうか？」

雨柳が澄ました顔で言うと、もう一人の若頭補佐、萩宮《はぎみや》が「雨柳、私の分も頼めるかな？」と割り込んだ。

猪熊とは対照的に痩せぎすでどことなく爬虫類を想わせるこの男も、鳳城組系萩宮組の組長と、鳳城組若頭補佐という二つの肩書を持っている。四代目とは盃上の親子関係にあり、本家である鳳城組に於いては雨柳と同じ地位だった。しかしながら、雨柳よりも年長者であることや自分の組を持っているという自負により、常に倨傲《きょごう》な態度を取る。

「構いませんよ」

雨柳は目くじらを立てることなく、部屋の奥のキッチンに向かう。

ここは私立病院の特別個室専用控え室で、雰囲気も構造もホテルのスイートルームによく似ていた。いわば寝室に当たる部分が病室、リビングが控え室、キッチンは独立型で、外からはほとんど見えない。


幹部三人のやり取りを黙って見ていた桐弥は、ローテーブルを囲む猪熊と萩宮、そして母親を残して、雨柳の後を追った。

「雨柳さん、手伝います」

「いいから座ってろ。姐さんの御傍にいるんだ」

ワンドリップコーヒーを人数分広げていた雨柳は、手を止めずに言った。横顔には疲れが出ていたが、淡々とした動作で紙製のドリッパーをセットしていく。あまりにも手際がよく、桐弥が手伝う隙はなかった。

「雨柳さん、あんな態度を取られて悔しくないんですか？　猪熊の叔父様は仕方ないにしても、萩宮の兄さんにまで顎で使われることはないと思います」

手狭なキッチンの中で声を潜めた桐弥に、雨柳は「どうでもいい。くだらないことだ」

と返して、湯を注ぎ始める。痩せ我慢をしているわけではなく、本気で言っていた。

威圧感のある風貌に、格闘技で培った気概と強靭な肉体、そして他の追随を許さない経営手腕の持ち主であるため常に誤解されていたが、雨柳は決して野心家ではなかった。極道だった父親の代から大恩のある桐昌に仕え、鳳城組の代紋と博徒の誇りを守ることに心血を注いでいる。邪念のない男であるからこそ、幼い時分の桐弥が特別懐いたのである。

「雨柳さんがいなかったらうちはどうにもならないのに。お父さんがこんな立派な病室に入れるのも、みんな雨柳さんのおかげですよね」

桐弥はじれったい思いで冷蔵庫を開けると、中からコーヒーミルクを取り出した。ポーションタイプの物をソーサーの隅に置いていく。母親と自分は必要、猪熊と萩宮はわからないので一応置いた。

「俺は要らないぞ」

「雨柳さんの好みくらいわかってます」

「何をそんなにカリカリしてるんだ？　御大のことが心配なのはわかるが、姐さんのためにも坊がしっかりしなきゃ駄目だろう。盃を交わした兄弟や子がどれだけいようと、血の繋がった息子は一人だけなんだ」

桐弥はドリッパーを外していく雨柳を横目に見ながら、「今は貴方のことでカリカリしているんです」と言いたいのを堪えた。無論父親の容体が心配ではあったが、桐弥には漠然と、今は大丈夫だという予感がある。血が繋がっているというならまさに、胴師である父親から勘の良さを受け継いでいた。

「雨柳さんのそういう、意外と欲がないところは好きなんですけど……時々悔しいです。貴方のことは、実の兄のように思ってますから」

「おい、そんなことを言ってる場合か？　御大が倒れたんだぞ」

「大丈夫です。なんとなく、お父さんの気配が強くなってる気がするので」

桐弥がそう言った瞬間、ざわざわと声が聞こえてくる。奥まったキッチンにいるとわからなかったが、何か動きがあったようだった。

「桐弥っ、お父さんもう大丈夫ですって！　貴方と雨柳さんに逢いたいって言ってるそうよ、早く来てちょうだいっ」

院内履きをパタパタと鳴らして飛び込んできた藤子の言葉に、桐弥と雨柳は顔を見合わせる。そこには笑顔はなく、ただただ安堵の表情があった。

それぞれ手にしていた物を放って、連なるようにキッチンを飛び出すと、ソファーから立ち上がった猪熊と萩宮が迫ってくる。「姐さんと坊はわかるが、何故雨柳が!?」と居丈高に口を揃えていたが、先を急ぐ三人はまったく相手にせず、病室へと飛び込んだ。

鳳城桐昌を含む四人は、病状と今後の諸注意について、病院長から説明を受けた。縁故があってのこととはいえ、自分の病院が受け入れた患者が暴力団組織の組長ともなれば、緊張するのは致し方ないことだった。院長然としながらも時折顔を強張らせての説明となり、役目を終えるなり早々に去っていった。

病室には桐昌とその妻子、そして盃上の息子である雨柳の四人だけが残され、ようやく緊張の糸がほぐれる。桐弥の勘は当たって、心配されていた病状はさほど悪いものではなかった。元々肝臓を患っているため、これから先は食事制限や禁酒はもちろん、過剰なストレスを避けるようにと厳しく言われてはいたが、近々にどうなる状況ではない。

「桐弥、その手はどうした」

「あ、これは……フダに細工をしている時に、誤って針を刺してしまったんです」

ベッドの背を起こしていられる程度に容体の落ち着いていた桐昌は、救急絆の巻かれた桐弥の手を取る。たった今、医者からくれぐれも用心するようにと注意を受けた自身の病よりも、桐弥の指の傷の方が重大とばかりに眉を寄せた。元々貫禄のある顔に、険しさが増す。こけた頬や血色の悪さを除けば到底病人には見えず、睨んだだけで人一人死なせてしまいそうな眼力は、今なお健在だった。

「利き手ではないが、これでは今日の賭場は無理だな」

「賭場？　お父さん、何を言ってるんですか？」

「あなたっ!?」

桐弥は母親と共に左右からベッドを挟むように立っていたが、父親の顔よりもむしろ、その向こうに見える母親の顔に目を奪われる。極道の妻にしては柔和な美女である彼女は、般若のような顔で「絶対に駄目よっ！」と金切り声で叫んだ。

「桐弥、賭場は戦場だ。身を裂かれるように辛いことではあるが、私の体では最早賭場に出ることは叶わないだろう。だが、今の鳳城には代わりになる胴師がいない。私の代理を務められるのは、お前だけだ」

ベッドに背中を預けながら言った四代目は、握っていた桐弥の手をさらに強く握る。傷を刺激しないよう慎重に——されど決して放さぬとばかりに力強く絡むその手には、賭博に対する狂気的な執念が籠っていた。

「お父さん、僕に、打てと？　僕、十六です……よ。高校に、入ったばかりで……」

母親が「冗談じゃないわっ、その考えは捨ててってあれほど言ったじゃない！」と喚き散らすのが聞こえてきたが、桐弥の頭の中には父親と自分の言葉ばかりが響く。興奮して激しく取り乱す母親とは違って、父親の目はあまりにも冷静で、本気だった。

「私に万が一のことがあった時は、道風にすべてを任せる。いいな、五代目は道風だ」

「御大っ!?」

これまで独り離れた位置に控えていた雨柳は、身を乗り出すようにしてベッドに近づく。顔色はみるみる変わり、酷く驚倒していた。それもそのはずで、雨柳の上には若頭の猪熊がいる。同じ地位で、なおかつ年長で組持ちの萩宮もいる。雨柳がいかに経済的な功労者であれ、彼らと比べると遥かに年若く、現時点で順当とはいえない話だった。

「道風、鳳城にとって必要なのは、博徒の誇りを守り賭場を開ける人間だ。これまで通り貸元として賭場を仕切り、胴師には桐弥を立てろ。自分が跡目であることを肝に据えて、立場を確立していけ」

「御大……俺を、本気で……跡目に？」

ほとんど鸚鵡返しにすることしかできないほど驚く雨柳と、声一つ出せなくなった桐弥とは対照的に、桐弥が胴師となることを必死に反対する藤子の声ばかりが響き渡る。ところが次第にそれは弱まっていき、藤子は後方にふらりと倒れた。

「姐さんっ！」

「お母さん⁉」

ベッドの反対側にいる桐弥にはどうにもできなかったが、雨柳はすかさず駆け寄って、彼女が転倒するのを防いだ。

昨日から連続している衝撃と疲労に耐え切れなかった藤子は、雨柳の腕に支えられたまま首を左右に振る。それでも口を閉じることはなく、「桐弥の将来はどうなるのよ⁉」と、悲痛な声で訴えた。

「桐弥が代理を務める間、別の胴師候補を育てる。私とて桐弥の可能性を奪いたいわけではない。私が復帰できる時が来るか、もしくは次の胴師が育つか――そのどちらかの時が来れば、好きな未来を選択させる」

「無理よっ！　仮にそんな時が来たとしてもっ、一度でも賭場に出た人間がまともな職に就けるわけないわっ！　どこからか必ず漏れてっ、カタギとしての桐弥の将来はなくなるのよっ！　しかもこの子は未成年なのよ!!」

桐弥は両親の言葉の重みを感じながら、何も言えずに立ち尽くす。病院長の忠告を聞き入れれば確かに、父親が再び賭場に出るのは無理だと思った。かといって、鳳城組は賭博を捨てた名ばかりの博徒として生きるわけにはいかず、それは父親にとって死よりも避けたいことに違いなかった。されど、容易に引き受けられる話ではない。

胴師として賭場に出ること――それは紛れもない犯罪行為であり、これまでのように無責任に「極道の家に生まれた子供」ではいられない。極道そのものとして認識され、客を通じて「鳳城組は未成年の息子を賭場に出している」と、極道内で囁かれる可能性は十分にあった。そもそも、カタギの世界でどうのという以前に、極道の世界に於いても非常識極まりない話である。

そうまでして賭場を開帳し続けたい博徒の誇りというものに、桐弥は鳥肌の立つような寒気を覚える。幼い頃から語り聞かされ、頭の中でわかった気でいただけで、表面的にしか捉えていなかったことに気づかされた。

ただの言葉だった物がいきなり命を持った現実として、肩に重く伸しかかってくる。

「道風、鳳城を頼む。私の意志を継げる者は、お前だけだ」

ずしりとくる重みを感じているのは、桐弥だけではなかった。

雨柳もまた、か細い藤子の体を支えながら、多大なる精神的重圧に顔を歪める。

しかしながら、雨柳に選択の余地などなかった。

「鳳城の代紋は、私が守ります。博徒の誇りと共に――」

四代目組長が敷く道こそが、極道として進む彼の一本道。

他の道など、あってはならなかった。

4

水無月青江が正式な構成員になった日の夜、鳳城組では新直参誕生の祝いを兼ねた賭場が開かれた。

博徒として頻繁に賭博を行っている鳳城組は、現代極道としては珍しい常設の賭場、常盆を備えている。賭場は警察の手入れの際に間を置けるよう二階にあり、万が一の時は外の立ち番や、室内での下足番、階段上での中番などがクッションになる仕組みになっていた。その間に、客らは裏の梯子やスロープを使って逃げるのである。下り立った先の塀には仕掛けがあって、一見そうとはわからない出口から外に逃げられるようになっている。無論、そこには逃走用の車が用意されていた。

「雨柳さんはね、猛反対するお母さんをなんとか説得するためにこんな提案をしたんだ。胴師としての僕を、鳳城桐弥ではない別人にして……それによってお父さんの望みを叶え、なおかつ他の極道から後ろ指を差されない最良の状態にした」

桐弥は鳳城組本部の表玄関に立ちながら、客のやってくる正門を睨み据えて言った。

身の引き締まる和装姿だったが、今朝のような袴ではない。蝶柄の女物の着物を着て髢《かもじ》をつけ、簪《かんざし》を挿し、カタギではまず和服に合わせないダイヤのネックレスを下げている。

「桐弥さん……」

賭場を開く度にしている女装姿に対し、水無月はいつになく同情めいた視線を送ってきていた。何と返すべきか迷い、靴底をザリッと鳴らしては、自分を急かして言葉を模索している様子だった。

「僕はこの二年間、五つも年上の女性として、雨柳蝶子《ちょうこ》という名前の――雨柳さんの妻として、女胴師を演じなければいけなかった。もちろんこの方が僕にとって安全で、雨柳さんの策が間違っていなかったことはわかってるけど、なんていったらいいか……自分がますます見えなくなって、いつも凄く、気持ち悪いんだ」

桐弥は水無月の顔を少しだけ見て、再び正門に目を向けた。睨むような目つきをしていても、実際には何を見ているわけでもない。灯りと灯りの間に生まれる、ブラックホールの入り口のような闇に、ぼんやりと視線を預けていただけだった。

「桐弥さん、そういう不安定な感じは確かにええことやありません。せやけど逆にいえば、今の姿が仮初《かりそめ》ってことの証やと思います」

「仮初？」

「はい、今だけの、世を忍ぶ仮の姿です。現実の桐弥さんは、頭が良くて度胸も努力も人一倍の御人や。なれへんものなんてありません。カタギの立派な人間にだって極道の男にだって、なりたいものに必ずなれます」

　水無月はドンッと胸を叩いてみせると、「まだまだこれからです」と言い切った。

「――……」

　闇の溜まりから水無月の顔へと視線を移した桐弥は、首から下げているダイヤモンドよりもキラキラと輝く、彼の瞳に釘づけになる。組長の一人息子である自分に対し、適当な褒め言葉や言祝、明るい未来を易々と口にする者はいくらでもいたが、こんなにも迷った挙句に、力強く、心の底から発せられた言葉は過去になかった。

「やっぱり……ちょっと違う」

「は？」

「ぁっ、ううん……あの、ありがとうっ」

　桐弥はたちまち顔が熱くなるのを感じて、抜けがらの体に血が通った気になる。自然と手足が動き出し、玄関先でくるりと方向転換した。

「蝶子姐さん、お疲れ様です」

　桐弥が室内に戻ろうとすると、ほぼ同時に若い男が現れた。水無月の兄に当たる組員で、水無月より一年早く直参になった男だった。賭場が開かれる際は、外で立ち番を務めることになっている。

　立ち番は、今の季節はまだしも冬場は非常に厳しい役目であり、賭場が開かれる夜の間、立ったまま警察の動きに注意を払い、付近の交番に時折様子を見にいく仕事だった。

「お勤め御苦労様です」

桐弥が言葉をかけると、彼は深々と頭を下げる。そしてそのまま、水無月と共に正門に向かって歩いていった。

（蝶子姐さん……か）

苦笑しつつ内心呟いた桐弥は、下足番が立っている玄関から板の間に上がる。

彼ら本家住まいの直参組員は、桐弥が別人を装っていることを知っていた。いざ賭場が開帳されるとなればきちんと態度を切り替え、立場の曖昧な『坊』ではなく、『若頭補佐雨柳道風の妻、女胴師蝶子』として、桐弥を普段以上に敬った。

「桐弥」

旅館の如く広い下足場を後にし、賭場のある二階に上がろうとしていた時だった。客がいないのをいいことに呼び方をまだ切り替えていない雨柳が、二階から下りてくる。

賭場でもっとも位の高い貸元として奥の間に陣取っているはずの彼が、開帳前に下足場に下りてくるのは珍しいことだった。

「雨柳さん、どうかしたんですか？」

桐弥はスーツ姿の彼に問いかけながら、自分の心と体にピリピリと何かが走るのを感じていた。時に苛立ちとも思えるこの感覚の正体が何であるのか、賭場開帳を前にしている今は明確にわかる。自分自身が胴師というロボットであるならば、雨柳はそこに動力源を流し込んでくる存在だった。近づくだけで、今から極道の人間として博打を打つのだと、強く強く自覚させられる。

「赤松組の若頭が間もなく到着するが、一緒に桜太《おうた》がくるらしい。憶えてるか？　俺の弟の美吉野《みよしの》桜太だ」

「！」

桐弥は雨柳の様子が普段と違うことに気づいて、目を瞬かせる。

やや早口に話す彼は、盃上の弟である美吉野桜太の来訪に、確かに焦っていた。

「桜太さんて、雨柳さんの幼馴染みですよね？　外交上、赤松組の若頭にお預けしていると聞いていましたが、今はもうあちらと正式に盃を交わされたとか」

「ああ、俺がそうするよう勧めたんだ。すでに若頭補佐にまでなっている。つまり完全に赤松組の人間と思っていい」

「はい……」

「だが俺の弟でもあるからな、以前何度かここに来て、お前にも会ってるんだ」

桐弥は雨柳が焦っている理由に気づき、こめかみが痙攣するような緊張を覚える。

記憶を辿るとうっすらと、うら若くどこか可愛らしい桜太の顔が浮かんできた。

それと同時に、赤松組若頭である鶴田《つるた》との、徒《ただ》ならぬ関係の噂も脳裏をよぎる。

見目が良いことや、出世が著しく早かったことで根も葉もない中傷が広まっただけかもしれなかったが、そういった噂が存在することは事実だった。

桜太が若頭補佐になったという情報が鳳城組に入ってきた時、喜ぶ雨柳の目を盗んで、誰かが忌々しげに「男妾がっ、うまくやりやがって」と罵っていたのを、桐弥は偶然耳にしたことがあった。

極道としてはかなり異色なタイプでありながら、最初の舎弟として雨柳から格別の信頼を受け、結果的に別の組で雨柳と同じ地位にまで上り詰めた桜太は、鳳城組内にいる他の舎弟達と良い関係とは言えなかったのである。いくら任侠の世界とはいえ、妬《ねた》みも嫉《そね》みも当然あった。

「向こうの若頭が連れて来る以上、桜太だけ追い返すのは不自然だ。かといって、いまや赤松組の人間であるアイツに、お前の正体を見抜かれるのは避けたい」

雨柳の言葉にハッと我に返った桐弥は、雨柳以上に焦り出す。噂に振り回されて態度を変えてはいけないと思いながらも、渦中の二人が揃ってここにやってくるのかと思うと、正体が知られることとは別の緊張が追加されてしまった。

「僕が……桜太さんにお会いしたのは子供の頃のことですよね？　お化粧してこんな恰好をしていれば、普通ならわからないんじゃないでしょうか？　これまでも見抜いた人はいませんし」

それもどうなのだろうと自嘲気味に言った桐弥の背後で、下足番が手にしていた携帯が振動音を響かせる。六月とはいえ夜も更けた今はそれなりに冷えており、寒々しい空間に控え目な話し声が反響した。

「補佐、お客人が正門を通りました。赤松組の若頭です」

「雨柳さん、どうしますか？　急いで上に行きますか？」

「いや、ここで迎える」

雨柳のその選択は、この場に於いて非常に正しいものだった。鳳城組の敷地は都内にしては広かったが、正門から玄関までの距離などたかが知れている。玄関扉は開け放たれており、こちらは明るい。二人して慌ただしく二階に上がれば、後ろ姿を見られてしまうところだった。

「いらっしゃいませ」

「やあ今晩は、お邪魔しますよ」

土間に立っている下足番の挨拶を受けた赤松組若頭の鶴田は、一見するとカタギの会社役員に見えるような、紳士的な貫禄の持ち主だった。年は五十を超えていたが、下足番に対しても高飛車な振る舞いはせず、靴を脱いだ後も「お願いしますよ」と一声かける。

「おやっ、おやおやっ!?　雨柳さんじゃありませんかっ」

「若頭、本日はようこそいらっしゃいました」

「まさか貸元自ら迎えてくださるとは思いませんでしたよ、勿体ないですな。本日は新直参が三人も誕生されたそうで、おめでとうございます」

「勿体ない御言葉、ありがとうございます。そちらの三代目より結構な御祝いもいただきまして、四代目が近々御挨拶に伺いたいと申しておりました」

「おおっ、それはありがたいっ、帰ったらすぐに伝えますよ。なにしろうちの三代目は、鳳城さんのファンみたいなものですからね」

「恐れ入ります。何卒よろしくお伝え願います」

雨柳がわずかに頭を下げたその時、遅れて若い男が入ってきた。

「どうもこんばんはー」

雨柳の斜め後ろに控えていた桐弥は、すぐに美吉野桜太だと気づく。

幼い頃の記憶の中でやたらと若い印象があったが、十八になった今の目で見ても、その印象はほとんど変わらなかった。童顔で愛嬌のある顔立ちのせいで、会社役員につき添う新入社員といった風情である。徒ならぬ関係を噂するよりはむしろ、実は親子なのではと疑う方がよほど現実的に思えた。

「兄貴ぃっ！」

「桜太っ」

若頭の鶴田とは大違いに、靴を蹴り上げるように脱いだ桜太は、そのまま雨柳の胸に飛び込んでいく。板の間を走ってがばりと抱きつくと、満面の笑みを浮かべて「超っお久しぶりですぅ！」と声を上げて喜んだ。

「桜太、お前って奴は……相変わらずにもほどがある」

「アハハ、俺ぜんっぜん変わんないでしょっ？　なんで極道なのかわかんないっていうか、鶴田の兄貴に言ってくださいよ。なんで俺が若頭補佐ぁ？　みたいなっ」

「こら、いい加減にしないか、雨柳さんが困るだろう。私の躾《しつけ》が疑われてしまうよ」

「はーい」

鶴田に窘《たしな》められた桜太は唇を尖らせつつ身を引いたが、それでも雨柳の袖を摑み、腕を振り子のように振っていた。そうしながら「ほんとお久しぶりですぅ」と繰り返す。

「元気そうで何よりだ」

「はーい、もうバリバリ元気です。俺もしかしたら不老不死なんじゃないかとぉ」

「いや少しは老けたぞ。目尻でわかる」

「うわ、兄貴ってばひでぇ、久しぶりに逢った弟にそれはないっ」

「――……」

賭場開帳前の独特な緊張感を壊す桜太を横目に、桐弥は沈黙のまま戸惑う。

鳳城組内部では誰もが一目置き、恐れている現在の雨柳に、こんな接し方をする人間がいるとは思っていなかった。二人の両親が共に極道の人間で、旧知の仲であること、そして兄弟盃を交わしていることは承知していたが、実際にどの程度親密な関係なのかは知らなかったのである。

「雨柳さん、桜太が失礼してすみませんね。貴方に久しぶりに逢いたいというものですから、いきなり連れて来てしまいましたよ」

「いえ、謝るのはこちらの方です。元はといえば私の弟ですから。鶴田さんにお預けする際、くれぐれも失礼のないようにと言い聞かせてはいたのですが」

「ハハハ、人のいうことを聞きませんから仕方ないですね、究極のマイペース人間ですよ。それだけに発想も自由で面白いわけですが……というのはかなりのフォローで、変わり者とズバリ言ってしまった方がピンときますな」

スリッパに履き替えた鶴田は、雨柳の前に立って柔らに微笑む。

この鶴田にしても雨柳にしても腹に一物ありそうなタイプの男ではあったが、いずれも知性派で品格があり、物々しい兵隊とは一線を画す空気を漂わせていた。

「ところでそちらの女性が奥方ですか?」

ようやく御鉢が回ってきて、桐弥は思わず息を呑む。桜太のせいで自分が女装していることをすっかり忘れており、素の表情になっていたことに気づいた。

「本日の胴師を務めさせていただきます、雨柳蝶子と申します。以後お見知りおきを」

「どうも初めまして、赤松組若頭の鶴田です。ツボフダはもちろん手ホンビキまでこなせる方は珍しいというのもありますが、それ以上に、天才胴師と名高い鳳城の四代目が後継ぎに選ばれただけのことはある……と聞き及んでおりますよ。しかも噂以上の美人だ。極道切っての男前と呼び声高い雨柳さんに、ぴったりな御婦人ですな」

「恐れ入ります」

桐弥は恰幅のよい鶴田に向かって適度に頭を下げ、視界の隅で桜太の手を見る。

いまだに雨柳の袖を握っている桜太は、彼に向かって「いつ結婚したんですか？」と訊くものの、桐弥に目を向けはしなかった。

「姐さんの姪だからな、以前から見知ってはいたんだが、結婚したのは二年前だ」

「ふーん、教えてくれればお祝いしたのに。水臭いなぁ」

「御大のお身体が優れない時だったからな、特別なことは何もしなかった」

他人に追及された場合に備えて用意してある嘘を、雨柳は淡々と語り、そして自分から「うちの姐さんに似てるだろう？」と振った。

今でこそ外出を控え目にしている四代目だったが、絆と礼節を重視する極道の世界では、カタギ以上に冠婚葬祭を大切にする。無論そういった場には妻の藤子が同伴するため、対外的には息子の桐弥よりも藤子の方が圧倒的に知られていた。そのため通常は誰もがここで、「ああ、そういえば」と藤子の顔を想い出し、雨柳の妻は、桐弥ではなく藤子に似ているという図式ができあがる。

「なるほど確かに、鳳城の姐さんにそっくりですな。姪御さんでしたか」

「えぇー？　藤子さんというより、桐弥くんに似てますよね」

「！」

雨柳の思惑に乗った鶴田とは逆に、桜太は鋭く核心を衝いてきた。

当然焦る雨柳と桐弥だったが、他人の前で簡単に顔に出すようでは、極道の男も胴師もやってはいられない。

「そう言われてみると確かに似てるな。坊とは年も近いし」

「いやですわ、男の子と似てるなんて言われても喜べません」

雨柳と共にしらを切り通した桐弥に向かって、鶴田が「これは失礼しました。まったく、女性に向かって何を言うんでしょうね、この男は」と謝るものの、桜太は悪びれる様子もなく、桐弥の顔を少し上からじっと見ていた。

「こんな所で立ち話をしている場合ではありませんでしたね。賭場に御案内します」

「ああすみませんね雨柳さん。今夜は鳳城組の名物胴師がツボを振られると聞いて、それはそれは楽しみに参った次第ですよ。うちも博徒の端くれ、たまには賭場を開きますけどね、なにしろフダで、しかもバッタマキくらいしかやりませんから。いや、やれませんと言うべきかな。何でもこなす鳳城さんは、まったくもって凄いですよ」

「恐れ入ります。どうぞお足下に気をつけてください」

桜太の手からすり抜けるなり鶴田を導いた雨柳は、彼と共に細い階段を上がっていく。

玄関の真正面には幅広の立派な階段があったが、それはいわゆるダミーになっていた。上がったところで広間や客間に続いているだけで、賭場に行くことはできない。大階段の陰にある、人一人通るのがやっとという細い階段こそが、賭場に続く唯一のルートだった。警察の手入れの際は、ここを何人もの組員で塞ぎ、時間を稼ぐのである。

細くとも長い階段の先頭をいくのは雨柳で、次に鶴田が続いた。そこから少し間が空いて、桜太が続き、最後に桐弥が上がっていく。

「……？」

手すりを握りながら桜太の背中を追っていた桐弥は、突如振り返られて目を見張る。

彼は階段の途中で足を止め、桐弥に向かって一言、「なんだか、女の人の匂いがしないですよね」と言って笑った。

神奈川からやってきた赤松組若頭の鶴田と、若頭補佐の美吉野桜太、その他にも鳳城組四代目が懇意にしている都内外の極道が次々と集まり、賭場は予定通りに開かれた。

青々とした畳の中央には盆が敷かれ、盆の上には白い盆布がかけられている。その周囲を行灯と座布団が囲んでおり、天井からは和紙を透かしてほどよい灯りが下りていた。

鳳城組自慢の常盆は、まるで神事でも行うかのように一糸乱れず整えられた美しい空間だったが、客が入れば途端に生々しい空気に変わる。胡坐《あぐら》を掻いて座る者も多く、煙草を吸い始める者や、ここぞとばかりに名刺を交換する者もいた。

「――……」

桐弥は斜め前から向けられる桜太の視線を感じながらも、ひたすらに精神統一を図る。

何もかも見破っているかもしれない彼は、雨柳蝶子という仮初の姿ではなく、実在する鳳城桐弥として自分を見ているのだろうか――と思うと、どのような顔でどのような声でツボを振ればいいのかわからなくなり、一挙一動、一言一句に躊躇いが生じた。

助けを求めるようにして雨柳に目を向けると、彼はいつも通り、盆のすべてが見渡せる一段高い小部屋の、貸元机に着いていた。目の前には貸元が管理する金庫があり、大きく広げられている。

（雨柳さん……）

正座している雨柳は横顔のまま目を少し眇《すが》めただけで、助け船を出しては来なかった。

この場を自分に任せているからだということを、桐弥はよく知っている。いざ賭場が開帳すれば、貸元は一歩も二歩も後ろに控えて、責任と共に胴師に場を委ねる掟だった。

「そろそろ始めますよ、よろしいですか？」

女胴師として中央に座していた桐弥は、腹をくくって言うと、そのまま口上を述べた。盆を前にした以上、最早逃げも隠れもできはしない。自分の代わりはなく、他の誰にも、名門博徒鳳城組の誇りは守れないのである。

桐弥は仕掛けのないツボを利き手でくるりと返し、広い盆の端に座る客にも見えるよう、ゆっくりと空を切る。すべては四代目の教えで、威勢よりも品性、舞い踊るように美しく振れと、幼少の頃から仕込まれていた。

桐弥がツボを手にした時点で雑談は止み、「入ります」と言ってサイコロを入れれば、瞬く間に緊張が走る。そしてツボを盆に打ちつけると、中盆がすぐさま身を乗り出した。

「さぁ、張った張った！」

簡易的な賭場では中盆と呼ばれる人間が胴師を務め、札まきや勝負審判、進行役まで一手にこなすものだったが、鳳城組では胴師と中盆の仕事を分けている。

「丁方ないか、丁方！　半方ないか、半方！」

桐弥の真正面に座している中盆の男——鳳城組幹部であり、雨柳と懇意にしている舎弟の小野《おの》が、場を盛り上げるべく声を張り上げた。とはいえ刺激し過ぎないよう、どすの利いた低めの声を出すのが鉄則である。雨柳に負けず劣らず体格の良い小野は、刺青の入った半裸に晒し巻きという伝統的な中盆姿で、「さぁさぁさぁ！」とすべての客に向けて声をかけた。

その声は、賭場という空気に客を引き込んでいく。だがいくら進行役が目立っていても、真の主役は胴師だった。

桐弥は賭け金に目を配り、次に誰がどちらに賭けるかという心理を読んで、盆の状況を把握してコントロールしていく。今夜は祝いの盆であるため、特別な客達にほどほどに勝たせて、気持ちよく帰ってもらわねばならない。状況に応じて半丁のどちらを出すか決め、それを正面に座る中盆に極秘のサインで知らせることで、調整を取らせるのである。

「丁半、出揃いました!」

中盆の言葉を受け、桐弥は中央に置いたツボを握ったまま「勝負!」と声を上げた。

しんと静まり返った空気を——紫煙と思惑の揺らぐ独特なこの空気を、真っ二つに裂く瞬間が酷く心地好くなる。痛いほどに視線を集め、極道の猛者達を思うまま一喜一憂させるのは、ゲームマスターである胴師だけが味わえる快感だった。

「ピンゾロの丁!」

中盆が大声で目を読み上げると、「おおっ!」「あぁ……」と二種類の声が重なり合う。

ところが、誰もが何かしらの反応を見せるこの時に、桜太だけは表情を変えなかった。

ただ穏やかに微笑んでおり、サイコロに目をやることすらしない。

(——奇妙な人……)

桐弥は桜太の視線が自分の顔に寄せられていることに気づいていたが、それによって集中力を削がれるようなことはなかった。たとえ今はっきりと「正体を見破りましたよ」と告げられたとしても、揺さぶられないだけの情熱と、プロ意識によって支えられていた。

サイコロによる半丁賭博が何度も繰り返された後、賭場は休憩時間を迎える。時と場合によるが、大抵は続きの広間で寿司が振る舞われ、客達はそこで雑談に興じるものだった。

桐弥にとって休憩はもちろん必要不可欠だったが、集中力が切れてしまうことがあるため善し悪しといえる。女ということになっている手前、客達に話しかけられあれこれと問われることも多く、そうなる前に控えの間に移るようにしていた。

「鳳城さん！」

休憩を告げられ、桐弥が立ち上がろうとした寸前のことだった。

雨柳のいる貸元部屋に鳳城桐昌が現れ、赤松組の鶴田が真っ先に声を上げた。

（お父さん……）

見物だけでもしていたがる桐昌が、藤子が止めるのもきかずに賭場に現れるのは珍しいことではなかったが、今夜はできれば来て欲しくなかった……と、桐弥は密かに思った。

道理を考えれば、新直参誕生の祝いを兼ねた賭場に出てこないわけはなく、足を運んでくれた客らに挨拶をするに決まっていた。けれど今夜の桐弥は、蝶子というよりも桐弥として打っていることを自覚しており、その姿を父親に見られたくなかったのである。

「御挨拶が遅れましたが、本日はようこそ」

桐昌の挨拶を受け、客らは「これはこれは鳳城さん」と口々に言いながらこぞって立ち上がった。寿司の用意された続き間の襖が開かれても、誰一人としてそちらには行かずに、貸元部屋から出てきた桐昌を取り囲む。

「！」

この隙に控えの間に移動しようと考えた桐弥は、盆に手をつくなり肘を震わせた。

斜め前から桜太の視線が向かって来ており、相変わらずじっと見られていることに気づくと、冷たい汗が背中を伝う。中盆の小野を含め、誰もが桐昌に注目している中で、桜太だけは桐弥から目を離していなかった。

「半丁賭博って、なんだか退屈ですねー」

盆の前に座しているのが二人だけになった時、桜太はいきなり言った。

賭場と胴師を侮辱しているも同然な言葉だったが、桐弥は動じないよう姿勢を正す。

「それは、私の腕が悪いせいでしょうか？」

「うーん、そういうわけじゃないんだけど、どうせなら手ホンビキとかやってくれませんか？　関東であれができるのは鳳城さんのとこだけって聞いてるし。客と胴師の超高度な心理戦なんでしょ？　よくわかんないけど、いい機会だから教えて欲しいなー」

立っている桐昌を中心として交わされる挨拶のざわめきを背後に背負い、桜太は比較的大きな目を糸のように細めて笑った。

いわゆる天然なのか、それとも腹黒いのかわからないこの男を、桐弥は突っぱねようと決める。雨柳の幼馴染みであろうと最初の舎弟であろうと、赤松組の若頭補佐であろうと、賭場を愚弄する者をまともに相手にする気はなくなっていた。

「手ホンビキは、日本の博打の頂点と呼んでも過言ではない芸術的な賭博です。一朝一夕にどうこうできるような物ではありませんよ」

「ふーん、じゃあバッタマキやりません？」

「――フダがお好きなんですか？」

「それしかわかんないし、まあ好きかなー。名門博徒鳳城組としては、特別な席でそんな基本的なやつはやりたくないって感じですかね？　でもねー、カクフリできる人を相手に半丁賭博やってもつまんなくって」

整った歯列を見せつつ笑い続ける桜太を前に、桐弥は奥歯をキシッと噛み締める。

二十代後半でありながら愛嬌の豊かな見た目とは違って、桜太は随分と挑戦的な性格の持ち主のようだった。そんな彼と盆を挟んで話していると、胴師としての勝負魂が燃え上がってしまう。

「バッタマキ、私も好きですよ。誰もが好む物にはそれなりの魅力があると思っています。

御希望に添えるかどうかわかりませんが、上に話してみましょう」

「それはどうも。後半、期待してますよ」

桜太の希望を前向きに受け入れた桐弥の言葉に、桜太は突然能面のような顔をする。

表情が状況に相応しくない上に、笑顔と無表情の間が無い桜太の視線に晒されながら、桐弥は黙って立ち上がった。


鳳城桐昌を囲んでの長めの休憩が終わり、後半は桜太の希望通り花札賭博の主流であるバッタマキに切り替えられた。予定にはないことだったが、他の客の意見を聞いたところ是非やりたいという者が多く、組側としても細工済みのフダは万一に備えて用意してあり、特に問題はなかった。めでたい席ということもあって桐昌も雨柳も反対せず、桐弥はツボを置いてフダを手にする。

バッタマキは裏が黒と茶の九十六枚の花札を用いて行う勝負で、胴師がフダをよく切り、左右の指先で滑り出したフダをサキ（手前）とアト（向こう）に三枚ずつ置く。客はアトかサキのどちらかに張り、勝負は三枚の合計点数で決まるようになっていた。点数は九のカブが最高で、十以上は無しとされる。

「はいっ、どっちもどっちも！」

中盆の小野が身を乗り出して声をかけ、客にアトサキを決めさせる。

帯封を施された札束や十枚束がバシバシと音を立てては賭けられる中で、桜太はそっと十枚束をアトに賭けた。バッタマキが始まってすでに数回目の勝負だったが、やはり桐弥の顔ばかり見ている。

「コマ、揃いましたっ」

全員が賭け終わると、中盆の小野が勝負の瞬間を盛り上げるように朗々と言った。

(桜太さん、また負けだ……)

父親から受け継いだイカサマ細工をフダに施している桐弥は、アトが負けであることを知っている。先程から桜太が負けにばかり賭けているため、今夜は客にある程度勝たせねばならない桐弥としては、やきもきせずにはいられなかった。

「勝負」

桐弥は低めの声で言うと、アトサキ三枚ずつを速やかに開く。サキは藤、菖蒲、紅葉の組み合わせでカブ(九)、アトは萩、雨、桐で、雨と桐は流すためシチケン(七)だった。

「サキ、カブ。アト、シチケンです」

結果を読み上げ、明暗の分かれる中で――桐弥は桜太がふと笑むのを確かに目にする。

バッタマキが始まってすでに百万近く負けているにもかかわらず、桜太は勝ち誇ったような顔をしていた。

目の前に座る小野と連携を取りながら、桐弥は一つの答えに行き着く。

今夜の賭場では、客にぎりぎりのラインで勝たせることが胴師の腕であることを知りながら、桜太はあえて大負けすることで自分に恥を掻かせようとしているのだと気づいた。

それが実際にできている彼は、天才胴師と謳われる桐弥の心を読むだけの才能を持っていることになり、当然桐弥の闘争心とプライドを刺激する。

「なんだなんだ、さっきから負けてばかりじゃないか」

「すみません、兄貴にもらった小遣いなのに」

桜太は横の鶴田に向かって舌を出しつつ謝ると、桐弥と再び火花を散らす。

桐弥の目の前にいる中盆の小野はもちろん、貸元部屋に陣取っている桐昌も、貸元机に着いている雨柳も異常な事態に気づき始めた様子で、胴元側全員が桜太の勝敗に注目しているのがわかった。

(——何を考えてるのか知らないけど……絶対に勝たせてみせる!)

桐弥は心臓が激しく高鳴るのを感じて、その興奮とは裏腹により完全なるポーカーフェイスを作り出す。そうしていると、言葉では言い尽くせないような興趣を感じられた。

体中の血が血管の中を怒濤のように流れていくのがわかり、どこもかしこも熱くなる。

自分が鳳城桐弥であることを見抜いているこの挑戦者を欺き、不本意に勝たせることによって、本当の意味で勝ちたくて堪らなかった。

名門博徒の誇り、天才胴師の意地、プロの実力を津波のように高く高く登らせて純白の盆に叩きつけ、すべての客と全勝負を、思うままに呑み込んでしまいたかった。


夜が明ける少し前、賭場は御開きとなった。

警察の手入れを受けることも疑いを持たれることもなく、無事帰路につく客を見送るという、最後にして重大な仕事を終えた桐弥は、玄関の扉が閉じた途端に意識を失った。

多くの客を同時に把握し楽しませ、思い描く目を出しては予定通りの結果に持ち込むという、巧妙な心理戦を長時間繰り広げれば、疲れるのは当たり前である。けれど今夜は、確かに何かが違っていた。ふらりとする程度ならばいつものことで、貸元と胴師として、そして夫婦として当たり前に並んで立っている雨柳の手で、支えられるのが常だった。

しかしながらこんなふうに意識を失ったことはなく——美吉野桜太に正体を見抜かれたことや、彼の挑戦が影響しているのは否定できない事実だった。

桐弥は使いなれた自分のベッドに横たわり、雨柳の手で帯を緩められる。

意識を取り戻していることをうっすらと自覚していたが、まだ瞼を上げるだけの力はなかった。つまりは、意識があることを雨柳には知られていないことになる。

（――僕、倒れたんだっけ……ちゃんと、トータルで勝たせられて、ホッとして……）

桜太を見事に下したこと、そして玄関先で倒れ、支えるというよりは掬《すく》い上げるように抱かれたことを思い出した。

雨柳の腕は力強く、手は大きく、まるで子供にでもなったような心地のまま、運ばれた記憶が蘇る。或いは夢かもしれなかったが、少なくとも今寝ているのは自室のベッドで、この部屋にいるのは自分と雨柳の二人だけだった。

「無理をさせてすまない」

頭の奥深くまで浸透するような声で、雨柳は言った。

口紅を拭われながら耳にして、桐弥はますます目を開けられなくなる。

元々開き気味の衿をさらに開かれると、ダイヤモンドの一粒石がうなじの方へと回っていった。それを元の位置に戻そうとした雨柳の手が、頸動脈に当たる。

「……っ！」

一度意識を失いながらも、静かなる激昂はいまだ治まってはいなかった。

脈がすべてを語ってしまいそうで、桐弥はびくりと身を震わせる。瞼を閉じてなどいられなくなり、彼の手をすり抜けるように身を起こした。

「気がついたか」

「く、くすぐったいので、首、触らないでください」

桐弥は言うなり雨柳の手を押し退けて、触れられていた頸動脈を自分で押さえた。

それはやはりドクドクと、異常な脈動を刻んでいる。雨柳が触れたのは一瞬だったため、おそらく気づかれてはいないだろうと思いながらも、気が気でなかった。今夜の賭場で、いつも以上に興奮していたこととその理由を、彼に知られるのは嫌だった。

「何か飲むか？」

「——いえ、お気になさらず」

「玄関で倒れたんだぞ」

「大したことじゃありません。予定外の賭場だったので仮眠を取る余裕もなくて、単純に疲れて眠くなっただけです。いきなり言い出すとか、もうやめてくださいね」

雨柳の立つ壁側ではなく反対側から足を下ろした桐弥は、そのまま立ち上がろうとする。ところが膝に力が入らず、両手をベッドにしっかりと当てて腕の力を使わなければ、腰を浮かせることもできなかった。

「そのわりには、随分と楽しそうだったな」

どうにか自力で立ち上がった桐弥は、帯を外そうとした手を止める。雨柳に背中を向けて立ったまま、崩した帯を握り締めた。

「水を得た魚のようだと言うのが相応しいのかも知れないが、賭場に出たお前はいつだってそうだ。だが今夜はそんなものじゃない、まるで火に油を注がれたようだった」

「やめてください。新直参誕生のお祝いを兼ねているということでしたので、普段よりも気楽にやれたというだけです」

「気楽？　なんだってそう真逆なことを言うんだ？　お前があそこまで熱くなるのを見たのは初めてだ。どういう心境の変化か知らないが、賭場こそが自分を活かせる場所だということがよくわかっただろう」

「やめてくださいっ」

「不思議なことに──女の形をしているにもかかわらず、今夜はお前がお前に見えた」

「やめてくださいって言ってるでしょうっ!!」

桐弥は帯を絨毯に叩きつけると、ベッドを挟んだまま雨柳を顧みる。いまだ覚めやらぬ興奮が足元から沸々と煮え立ってくるようで、矛先を彼に向けなければ正常な呼吸すらできなかった。

「むきにならなくてもいいだろう。人にはない才能を持って生まれたことを、素直に誇ればいい。まして血が騒ぐなら尚更だ」

「僕はただっ、お父さんに言われたから仕方なくやっているだけですっ！　こんな恰好も、本当は凄く嫌だけど、自分の将来のことを考えたら別人を装った方がいいからっ、だから我慢しているだけです！」

いつになく声を張り上げた桐弥は、紫煙でダメージを受けた喉が焼けるように感じていた。胸にも同様の痛みを覚えたが、それでも口を閉じはしなかった。

「雨柳さん、僕はカタギになりますから、胴師を育てることにもっと力を入れてください。いずれ雨柳さんの代になった時、僕はここにはいませんからそのつもりでっ」

桐弥の声が轟いた刹那——二人きりのこの部屋で、険相をいくらか潜めていた雨柳の顔色が変わる。眉をきつく寄せ、修羅を燃やすが如き表情になっていった。

「……っ」

その顔を見た桐弥は、予想を遥かに上回る反応に一驚する。十数秒前までの彼が酷く上機嫌であったことに、いまさら気づいた。

「お前は自分をわかっていない。いや、わかっているのに認めることを恐れている」

雨柳はベッドの反対側に立ったまま、桐弥を真っ直ぐに睨み据える。

険しい表情を浮かべながらも手を上げることはせず、ベッドを越えることも迂回することもしなかった。立ち位置の問題で殴りたくても殴れない——という状況に身を置く彼は、その場に佇んだまま、威圧的な空気を発して怒りを伝えてくる。

「カクフリができるからといって、それだけで人生を決めるのは尚早だと思います」

「技術的なことだけを言ってるわけじゃない、お前は天性の博徒だ。そういう血を色濃く引いている。たまたま負け続けていた桜太を最終的には勝ちに導いたあの手腕からしても、まさしくプロだ。御大も大層感心なさっていた」

雨柳の言葉に耳を塞ぎたくなり、桐弥は唇を嚙んで首を左右に振った。もうやめてくださいと伝えるべく、何度も首を振って苦痛を示す。そうしているうちに着物が勝手に袖から抜け落ち、絨毯の上に蝶柄の袖が広がった。

「イカサマを見抜かれれば指を落とさなければならないほどの――あの独特な緊張感を、お前はいつだって楽しんでいる。要するに、度胸が半端じゃない」

「だから……何ですか？　雨柳さんの言う通り特別な度胸があるんだとしたら、カタギの世界でも立派にやっていけるってだけのことじゃないですか。度胸が必要なのは、なにも極道の世界に限ったことじゃありません」

きっぱりと言い切るなり長襦袢姿で屈んだ桐弥は、着物を拾った途端に眩暈《めまい》を覚える。そのまま前のめりになって、絨毯に手をつかずにはいられなかった。

(――蝶々……)

目の前に迫る蝶を見ていると、雨柳の背中にある緋牡丹の刺青を想い出す。

蝶子という仮名をつけたのは父親である四代目だったが、それは『牡丹に蝶』という、花札の絵柄から取ったものだった。

子供の頃に一度だけ目にした雨柳の緋牡丹を想い、桐弥は蝶柄の袖を握り締める。

このまま雨柳の蝶として生きていくわけにはいかないと――カタギの心を、必死に呼び起こした。

「雨柳さん……貴方と一緒に、極道の道を行く気はありません」

ベッドの反対側へと回ってきた雨柳に向かって、桐弥は明瞭な声で言った。

彼が近づいてきた理由は、倒れ込んだ自分を起き上がらせるためだと知っていた。

雨柳の放つ、苛立ちに限りなく近い怒りの気に当てられて、寒気がしたことも恐怖に慄いたことも何度もあった。それでも、彼の本質が昔と変わっていないことを、桐弥は頭のどこかでわかっていた。

「ぅあっ！」

手助けのために用意されていた手で、頬を思い切り打たれる。

平手が左頬に当たった瞬間、火が点いたように顔が熱くなった。

「……っ、ぅ！」

吹っ飛ばされたと思うや否や、肩を摑み上げられベッドへと引き上げられる。

手にしていた着物が、風になびく鯉のぼりのような音を立て、宙を舞った。

桐弥の視界で天地は引っくり返り、瞬く間に仰向けに押し倒される。

「やっ、ゃめっ……」

「桐弥、お前に一つだけ言っておく」

「痛っ、ぅ、放してっ……！」

桐弥は長襦袢の上からぎりぎりと食い込む指に抗い、体を左右に揺さぶろうとした。されど雨柳の力に勝てるはずもなく、一度は浮かした肩がベッドマットに沈められる。

「俺が極道である限り、お前を放しはしない」

「！」

雨柳の言葉は、突き刺さる視線と共に向けられた。

胸に鉄の杭でも打たれたかのように、桐弥は動けなくなる。両肩に食い込む手など今はまったく無力に思えるほど、視線と言葉が重かった。髪一本一本まで縫い止めるような、息が詰まるような、多大な重力が桐弥を襲う。

「……っ、ぅ」

「それと水無月のことだが――」

雨柳は突如そう言うと、桐弥を押さえつけたまま片方の眉をつり上げた。

天井やシャンデリアを背景にしているその顔は半分陰っており、いつも以上に険があるように見える。

賭場に出るようになってから「度胸がある」やら「肝が据わっている」やらと言われていた桐弥だったが、雨柳に睨み下ろされているだけで生きた心地のしない今、自分が酷く小さく平凡な人間だと思い知らされる。雨柳の迫力に圧倒される心の裏にカタギの自分を見出して、どこか安堵する気持ちさえあった。

「み、水無月が……なんですか？」

桐弥は辛うじて声を出すと、絡みつく視線からどうにか逃げようとした。まるでブリキ人形の如く、首をぎこちなく横向ける。唇が当たるほど目前にきたのは、彼の手首だった。賭場で染みついた煙草の臭いに混じって、ムスク系の香りが鼻を掠める。

「お前はアイツと狎《な》れ合い過ぎだ。胴師と立ち番では位が違う、他の者に示しがつかないようなことをするな」

「……っ」

桐弥は裏庭で教科書を燃やしていた時のことを思い出し、自ら雨柳の顔を再び見た。

今自分を組み敷いている彼の目は、二階の窓から睨み下ろしていたあの時と、まったく同じ感情を孕《はら》んでいた。

「水無月をお前の世話係から外した。すでに本人には伝えてある」

「雨柳さんっ」

「明日からは別の人間をつける。そのつもりでいろ」

降り注ぐ雨柳の言葉を浴びながら、桐弥は唇を音もなく開く。何を言おうとしているのか自分でもわからないまま、唇ばかりが先を急ぎ、無意味に動いた。

(どうして……)

頭の中で、どうしてどうしてどうしてと、問いかけだけが渦を巻く。

それは思考には繋がらず、雨柳が何故こんなことを言うのか――確たる答えどころか、もしかしたらという可能性一つ思いつかなかった。

「――……」

雨柳は黙したまま、桐弥の肩を放さない。腕を立てた状態で体重をかけ続け、長襦袢の袖から糸の切れる音がしてもなお、体勢を崩さなかった。

「雨柳……さん」

桐弥は雨柳の顔を見ながら、その先に水無月の姿を想う。明日から飯炊き仕事はしなくなっても、ボディーガードを兼ねた世話係としてもうしばらく一緒にいてくれるはずだった水無月の姿が、そこにいるかのようにはっきりと見えた。そして同時に、雨柳の一存で彼と引き離されるという現実が、ようやく身に迫ってくる。

突然視界が揺れて、雨柳の顔も水無月の顔も、すべてが水に呑まれていった。

瞼は仄かな熱を持ち、生温かい波を生む。

「――泣くほど好きか？」

雨柳の声は静かだったが、甚だしい悲憤に満ちていた。このまま肩の両手が首に移り、絞め殺されるのではないかと、そう思わずにはいられないほどの怒気を帯びている。なれど行き交うのは沈黙ばかりで、殺されることもなければ、殴られることさえもなかった。

「……っ、ぅ」

こめかみに涙が走って、拡散する照明の光が眩しく感じられる。視界が塞がれたせいで嗅覚や聴覚が冴え渡り、煙草の臭いに吐き気がした。

賭場の後はいつもそうだったが、自分も雨柳も煙草の臭いで染まりきっており、そんな二人が接近することで不快な臭いが増していく。雨柳が好んで纏う香りも、着物に焚きしめた香も、何もかもが塗り潰されていった。

「邪《よこしま》な想いがあるなら尚更、アイツには近づくな」

雨柳は重々しく口を開き、左肩を解放するなり桐弥の髪を引っ摑む。

それは当然痛みを伴うものだったが、声を出すことは叶わなかった。

呻こうとした時にはすでに遅く、唇を塞がれてしまう。

「……ぅっ!?」

涙を通して見えた光が、雨柳の頭で遮られる。彼の髪色ばかりが視界を占めて、想像を絶するほど近くにいるのだと自覚させられた。

口を塞いでいる重みは唇の弾力に違いなく、これがキスだと気づくまでに、長い時間は要らなかった。

「……ぅっ、ぅ……」

右肩にあった手で衿を摑まれ、長襦袢を引き下ろされる。

肩がずるりと剝き出しになった瞬間、雨柳の舌が口内に忍んできた。

「んっ、ぅー……っ！」

上下の唇を分かれさせたのが、呼吸を求めた自分の意思だったのか、それとも雨柳の力強い舌だったのか、曖昧で何がどうなっているのか判別できなかった。瞬く間に舌が入り込んできたことだけは確かで、斜めに深まる彼の唇が、歯列にまで当たる。

「……ふっ、ぅ……ぐ……っ」

接吻というにはあまりにも強引で、略奪される感覚だった。触れられるのではなく押し潰され、絡めるのではなく刺し抉られる。

「うっ、うぅーっ!?」

貪欲に蠢《うごめ》く舌で口腔を犯されながら、桐弥は意識をどこかへ移して正気を取り戻そうと試みた。すると、雨柳の手が胸まで下りていることに気づく。それは剥き出しの肌の上を滑って、平らな胸に存在する乳首に到達していた。

(雨柳さんっ!?)

声どころか息継ぎすらまともにできない中で、桐弥は限界まで目を見開いた。近過ぎて見えない雨柳の表情も、読み取ることのできない感情も、荒々しく動き出す舌も指先も、何もかもが理解不能で恐ろしく、抵抗以前に体が人形のように固まってしまう。

全身が蠟人形のように硬化しているのか、それとも蛇の脱け殻のようにくったりと横たわっているのか――自分の状況を捉えることなどできないまま仰向けになっていた桐弥は、突如口内の変化に気づく。

雨柳の舌は指と共にぴたりと動きを止め、そうかと思うとすぐに抜け出ていった。弄《いじ》られることで片方だけ尖り始めていた乳首も、唾液に濡れた舌や唇も、何の脈絡もなく解放される。

「——お前は俺の物だ」

桐弥の唇の表面を最後に一舐めした雨柳は、執着を練り込んだ声で言った。

その目に晒されながら、桐弥はごくりと喉を鳴らす。

口角からはいつしか唾液が溢れており、頬を滑って、耳の下に向けてツゥ……と流れていった。

雨柳はベッドから下りた後は何も言わず、普段と変わらない足取りで部屋を後にした。

彼に文句一つ言えず、背中を目で追うことしかできなかった桐弥は、天井を仰いだまま唾液を拭う。起き上がる気力はなく、長襦袢の衿を引き寄せるのが精いっぱいだった。

今のはいったい何だったのかと——まだ繋がっているような唇の感触を意識しながら、天井に向けて問いかけてみる。すると間髪入れずに、一つの答えが返ってきた。

二年前から薄々感じていたこと……されどこの答えに行き着くのを恐れて、ねじ曲げたり考えないようにしたりと、知らず知らずに直視を避けていたことが、はっきりと見えてくる。それでもまだどこかで、事実を歪めようとする意識が働いていた。

(――雨柳さん……)

忘れられない感触と言葉を刻みこまれた今、一番騙せないのは自分自身だった。

雨柳の行動や言動をどう解釈しても、同じところに行き着いてしまう。

跡目として指名された二年前のあの日以来、雨柳は確かに変わってしまった。

しかしながらそれは、変わらなければならなかった彼の覚悟なのだと、桐弥は誰よりも理解しているつもりだった。増大した威圧感に怯えることがあっても、顔を張り倒されてもなお、雨柳を信じていた。

自分には極道の世界こそが向いていると、認めるのが嫌で、怖くて――極道として生きることを強要してくる彼に反発することで、カタギの部分を守ろうとしていた。

「――桐弥さん」

雨柳の想いと自分の気持ちに思い至った桐弥は、扉の向こうから聞こえてきた声に肩で反応する。

たとえそれが誰の声であっても思考を遮ってくれるならば歓迎だったが、ましてその声は水無月の物だった。

「桐弥さん、水無月です」

桐弥は起き上がり、ベッドから足を下ろして「どうぞ」と言うと、乱れた髪を直す。

遠慮がちに開けられた扉の向こうは薄暗く、水無月は少し眩しそうな顔をした。

「失礼します。御開きの後に倒れたて聞いて、心配してました。いきなり声かけてしまってすみまへん。灯りが点いてるのを見たら、どうしてもじっとしてられまへんでした」

入室するなり申し訳なさそうに言った水無月は、後ろ手にそっと扉を閉める。そして桐弥の顔を見ると、驚いたように目を見開いた。

「どうか、しはったんですか？」

「え……？」

「凄く、ショックを受けたみたいな顔してはるから。あ、体調が優れへんせいやろか？　何か必要な物あったら何でも言ってください。医者を呼びますか？」

水無月はベッドに寄りながら言うと、脱ぎ散らかされた着物に目を向ける。

賭場の後は疲れていていつも簡単に済ませていた桐弥だったが、それでも着物は必ず着物掛けにかけており、ベッドや床に無造作に広げておくなどありえなかった。

黙って首を振った桐弥に向かって、水無月は「喉の薬は飲まれました？」と、さらに問いながら着物や帯を拾う。元々世話係であり、勝手知ったる様子で片づけ始めた。部屋の奥にある着物掛けの前に立ち、皺にならないよう手際良くかける。

「うん、休憩の時に飲んだから大丈夫」

「けどだいぶ嗄《か》れてます。これ薬やないけど、一応薬用の喉飴です。よかったらどうぞ」

水無月は胸のポケットを探りながら戻って来て、飴を丸い缶ごと差し出した。

彼の言う通り薬用の喉飴であることと、レモン風味という文字が銀色のアルミ缶に印刷されている。レモンのイラストを目にすると、その味や香りがリアルに想像できた。

「ありがとう」

煙草の臭いに塗《まみ》れながら交わした口づけを忘れたくて、桐弥は缶の蓋を開ける。中には丸い穴の開いたプラスチックの内蓋があり、逆さにすると飴が一粒だけ出てきた。

「あの……何かありましたか？」

「ううん、大したことじゃないんだ。雨が降りそうで何となく憂鬱で。明日、じゃなくてもう今日だけど、学校いくの面倒だなぁとか、そういうわがままなことを考えてただけ」

「わがままなんかやありまへん。朝から儀式やら宴会やらあって忙しかったとこに、いきなりの賭場です。疲れるんは当たり前やし、むしろもっとわがまま言ってください」

桐弥はレモン味の小さな飴を口に含み、雨柳が触れた味蕾《みらい》にそれを転がす。喉の痛みが軽くなると共に、水無月に縋って泣きたい思いが増していった。

「――じゃあ、何か話して」

「えっ、何かって、自分がですか？」

桐弥はベッドに座ったまま、目の前に立つ水無月の顔を見上げる。

手を伸ばせば届く位置にある彼の手に、できることなら触れたかった。頬を寄せて泣くだけ泣いて、「僕が好きなのは君なんだ」と言ってしまいたかった。

「うん、何でもいいから、何か話して」

雨柳の気持ちを知ってしまった以上、迂闊なことをするわけにはいかず、桐弥は両手で飴の缶を握り締める。ようやく正式に極道になれた水無月に、余計な負担をかけることはできなかった。曲がらず真っ直ぐ、上へ上へと、恙無《つつがな》く進んで欲しかった。

「実は、桐弥さんの調子がよさそうだったらお話ししようと思ってたことがあります。俺、明日から、いえ今日から、四代目のお世話をさせていただくことになりました」

桐弥は耳にした言葉にがばりと上を向き、何度か目を瞬かせる。つい先程雨柳から聞いた話と関連性があるものの、すぐに繋げることはできなかった。

「補佐が御大に薦めてくださっていたそうです。盃をいただいてすぐに御大の側近なんて、身に過ぎた、勿体ない話やと思います」

水無月と視線を合わせながら、桐弥はレモン味の唾液を飲み干す。

側近は世話係の他にボディーガードも兼ねており、組長の傍でその命を守る重要な仕事だった。ただし関東では暴力抗争が皆無に等しいため、実際に弾避けになることはまず考えられず、事実上の役目としては、極道一家の組長をそれらしく飾るための物といえる。清潔感のある涼しげな顔立ちと見栄えのする体躯を持ち、それでいて無駄に驕り高ぶることのない水無月が選ばれたのは、納得のいく話だった。

「おめでとう……若手には憧れのエリートコースだね」

「ありがとうございます。けど、自分は……」

水無月は少しだけ笑うものの、あまり嬉しそうではなかった。一度は笑みを形作った唇を一文字に結び、躊躇いがちに再び開く。

「自分は、桐弥さんの傍に、ずっといたかったです」

「――僕の、傍に……」

耳にした言葉を頭の中で二度繰り返した桐弥の手から、しっかりと握っていたはずの飴の缶が転がっていく。絨毯の上に高い音を立てて落ち、さらにカラコロと鳴りながら、タイヤのように転がった。

「あっ」と声を出すなり膝を折った水無月は、後方に逃げる缶を追うようにして摑み取る。そして中腰のまま顔を上げると、桐弥の手に缶を戻そうとした。

「水無月」

桐弥はその名を呼び、すぐに「はい」と答えた彼の瞳に吸い寄せられる。

二人の視線は、ほぼ同じ高さにあった。繫がるとすぐに、外せなくなる。

そうすることの理由よりも、そうしないことの理由の方がわからなくなってきて――桐弥は顔を斜めに突き出した。そっと、無音のキスをする。

「!?」

その瞬間、瞼を半分落とした桐弥とは対照的に、水無月はカッと目を剝《む》いた。

至近距離でも見て取れるほど、過剰な反応だった。さながらそこに、嫌悪や抵抗は感じられない。中腰というきつい体勢でありながら、微動だにしなかった。

「——……」

水無月はただ単純に驚いて目を剝き、その後は好意的な意味で静止しているのだと、桐弥は確信した。彼に好かれているか嫌われているかは、先程の言葉がなくてもわかっていたことだった。ふとした弾みで何度も行き交わせた恋の視線が、錯覚のはずはなかった。

「……ッ」

水無月が俄かに喉を鳴らした時、桐弥は名残惜しく首を引く。

彼の気持ちが確実になったことで、心がほんのりと温もるような幸福を感じていた。かといって、だからといって、これ以上進むかどうかはまったく別の話だった。

「桐弥……さん？」

桐弥の衝動は、唇を押し当てたところで終わっていたのである。

その先に進むには、衝動ならざる覚悟が必要で——それはどこにも見当たらなかった。

「ごめん、どうも少し熱っぽいみたいで……ふらっときて……」

桐弥はできる限りの努力をして、平静を装って見せた。

雨柳の想いを知った今、水無月とどうなることもできなかった。極道にとって色絡みの裏切りは御法度であり、親も同然である雨柳に「お前は俺の物だ」と明言されてしまった以上、自分の気持ちを勝手に走らせるのは危険過ぎた。

「だ、大丈夫ですか？」

惑乱しながらも平常心を保とうとする水無月を見ていると、心が痛くなってくる。

好きですと言ったら同じ言葉を返してくれそうな人に、言わずにいるのは忍耐だった。

けれどこの世界と縁を切り、共に手と手を取って逃げる覚悟でもなければ、これ以上は動けない。

「水無月……いつも、心配してくれてありがとう」

すでにもう、唇に残る感触が恐ろしかった。

それは淡いときめきを凌駕《りょうが》し、むしろ戒めになる。

「いえ、そんなん……当然のことです」

「今日は学校を休むから、運転は……ぁ、今日からお父さんにつくんだったね」

「はい、これから少し休んで、午後は通院のお供をさせていただきます」

まっすぐに立ち上がった水無月の頬は、仄かに染まっていた。声もどことなく高めで、喜びの色を帯びて弾んでいる。唇を合わせることによって相手の恋情を確かにしたのは、お互い様だった。

「早く部屋に戻って、できるだけ眠って。僕も寝るから」

「あ、すみまへん。それじゃ、これで失礼します」

「お父さんをよろしくね」

桐弥が微妙に目を逸らしながら言うと、水無月は若手極道らしい声で、「はいっ」と、生き生きと返事をした。それでもまだキスの興奮は終わらないようで――小刻みに震える手の中で、飴の缶がカタカタと音を立てていた。

5

しめやかな氷雨《ひさめ》の降る夕刻、桐弥は病院の廊下を歩いていた。

切なくも甘いレモン味のキスをしてから、わずか数時間しか経っていない。

無機質な廊下を進みながら、これは悪い夢だと自分に言い聞かせ、目覚める時をひたすらに待っていた。車でここまで来る間も、廊下を歩く今も独りではなく、二歩後ろに二人の幹部構成員がついていたが、心は完全に独りだった。目的の部屋は気が遠くなるほど先に見え、冷たい廊下が無限に続くかに思える。

今、自分が何のためにここを歩いているのか――それを考えるのが怖くて堪らなくなり、思考回路は何度も停止した。それでも足は先を急ぎ、一瞬たりとも止まらない。

これを現実として絶対に受け入れたくない思いと、明らかにしたい思いの二つがぶつかり合って、無心で早歩きをするという現状を作り出していた。

三人分の足音が一定の間隔で連なる中、桐弥は携帯電話を握り締める。無意識にずっと手にしていたことに気づくと共に、これが鳴った時の記憶がありありと蘇った。

『――桐弥……』

脳裏に、今も響く雨柳の声――すべてはそこから始まった。

いつも以上に興奮した賭場のせいだったのか、雨柳の口づけがショックだったせいか、本当に発熱した桐弥は学校を休み、自室で臥《ふ》せっていた。眠ったり起きたりを繰り返していると携帯が鳴って、受話ボタンを押して数十秒経ってから、その一言を耳にした。

雨柳からの電話であることは取る前からわかっていたため、桐弥は何度も何度も「雨柳さん？　もしもし？」と繰り返したが、彼の声を耳にした後は、何一つ言えなくなった。

ただ一言、「桐弥」と名前を呼んだだけのその声には、あまりにも多くの感情が絡みついていた。聞いただけで心が押し潰されそうになるほどに、哀絶極まりない声だった。

無限に思えた廊下の先に、啜り泣く男達の姿が見えてくる。おそらくは氷のように冷たいであろう床に正座して、皆一様に項垂《うなだ》れながら泣いていた。もっとも若いのは水無月だったが、他の男達も比較的若く、三十前半くらいまでの屈強で見目の良い男ばかりが四人並んでいた。そして彼らの正面には、直立不動の警察官が二人立っている。

「坊っ……！」

桐弥が近づくと、最年長の男が顔を上げて言った。鳳城桐昌の側近を、もっとも長く務めている男である。

「お父さん……と、お母さんは……ここ、に？」

「——……は、ぃ……申し訳……っ、申し訳ありませんっ!!」

男が床に頭を打ちつけるようにすると、水無月を含む三人も勢いよく平伏して、ますます嗚咽した。一瞬見えた限りでは、だいぶ激しく殴られた様子だった。

黒スーツの肩に靴跡らしき物がついている者もいれば、白いシャツの袖に血が染みている者もいる。足元の床には、飛び散った血を拭った痕跡もあった。

「息子さんですか?」

桐弥は警察官の問いに「はい」と答えると、後ろを顧みる。

一緒に来た二人の幹部に「独りで入ります」と言って、警察官にも平伏す四人にも構わず、扉の前に立った。

この四人に殴る蹴るの制裁を加えたのは、おそらく雨柳だと推測できた。それがただの八つ当たりであることも、桐弥は薄々感じ取っていた。けれど今は、彼らにかける言葉が見つからない。意識は先へ先へと進もうとしており、扉を開けて部屋の中に入ることで、頭がいっぱいだった。

霊安室の中は、ほぼ真っ白な世界だった。オレンジ色に燃える蠟燭の炎がジジッと微かな音を立てており、蛍光灯の蒼白い灯りは部屋全体を控えめに照らし出している。

寝台は二つあり、遺体はいずれも白い布で覆われていた。

二つの寝台の間にあるパイプ椅子に、雨柳は独りで座っていた。項垂れて啜り泣いていた外の四人とは対照的に、背凭《もた》れに体を預けて、静寂の中で宙を見ている。

「雨柳さん……」

放心というのは正にこのことをいうのだと、桐弥は思った。

事件があったことを知らされた雨柳は、駆けつけて外の四人に殴る蹴るの制裁を加えた後でこの部屋に入って――おそらく、空っぽになってしまったのだ。

命を絶たれた者に対して、見送る以外にできることなど何もない。慟哭《どうこく》も悲憤も、それがどれほど壮絶で力の籠ったものであっても、蘇らせる力にはならないのである。

如何に嘆いても何をしても、時間は決して巻き戻せないという現実に、彼は打ちひしがれていた。甚だしい悔恨と無力感に苛まれながら、桐弥の携帯をどうにか鳴らしたものの、たった一言しか話せなかったのである。

「――……ぅ、ぁ……ぁっ……お母さん……お母さんっ!!」

桐弥は両親の死に顔を順番に確認し、母親の顔を見た途端に意識を失いかけた。

これを現実として受け入れるのはあまりにも辛すぎて、どこかから目覚まし時計の音が聞こえてきて「ああ夢でよかった」と思わせてくれることを願い続ける。

「うっ……ぅ、っ……お父さん……お母さん、まで……っ、何故、こんな……っ……」

静寂ばかりで悪夢は覚めず、桐弥は込み上げる吐き気を抑えるように胸に手を当て、ハンカチで口元を覆う。「誰か僕を起こして！」と、諦め切れずに何度も何度も心で叫んだ。父親ばかりではなく母親まで突然亡くすような、残酷過ぎる現実があるはずがないと――これは絶対に夢だと思いたいのに、待っても待っても誰も起こしてはくれない。

「どうして……っ、どうしてこんな……！　いや、ぁ……こんな……っ!!」

桐弥は一旦激しく声を荒らげながらも、口を塞ぐ手に精一杯の力を込めて慟哭を封じた。一度泣き崩れたらもう二度と立てない気がして、視界もすべて封じてしまいたくなる。両親の顔に触れたい思いも、縋りつきたい思いもかなぐり捨てて、甚だしく震える手で顔に布をかけ直した。

「――……っ、ぅ……雨柳……さん……っ」

桐弥は二つの寝台の間に座っている雨柳の前に、蹌々踉々《そうそうろうろう》としながら立つ。

鳳城桐昌と、その妻藤子の死――この事実を息子である桐弥に真っ先に知らせようとしたのは彼だったが、まともに伝えることができたのは、桐弥の部屋の扉を荒々しく叩いてやってきた他の幹部だった。

雨柳は心折られ、涙一つ零せずに今、絶望の淵にいる。

彼にとっての極道人生とは、敬愛する鳳城桐昌と共にあるべきものだった。

実の親子以上の絆を持ち、大恩を感じ、男として博徒として、心から惚れ込んだ組長であり、焦がれた天才胴師だった。心熱き鳳城組四代目組長鳳城桐昌――彼に仕えてこその極道人生であり、彼を失った先の人生など、考えてはいなかったのである。

「――お父さん……も、お母さんも……っ、まるで、眠っている……みたい、ですね」

桐弥は意を決して彼に声をかけると、カタカタと鳴りそうな奥歯をしっかりと噛み合わせた。もしも雨柳が彼らしい冷静さを保っていたならば、息子として思う存分哀号できたかもしれなかった。しかしながら雨柳が受けたダメージはあまりにも大きく、この非常時に自分まで堕ちていくわけにはいかなかった。

「……雨柳さん……雨柳さん、聞こえて……ますか？」

鳳城組四代目が夫人と共に襲撃され、死亡し、五代目になるべき男がここにいる。

これが最早夢ではなく現実であるならば、桐弥は今、その事実を可能な限り冷淡に文字情報として捉えようと決めた。押し寄せる涙の海に引きずり込まれぬように――地に足をつけて立つことを自らに命じ、実行する。

「雨柳さんっ、しっかりしてください」

パイプ椅子に座っている彼のスーツは、雨でぐっしょりと濡れていた。ハンカチを強く握っている手は、血に塗れて傷だらけだった。

よくよく見れば、霊安室の壁のあちらこちらに拳を叩きつけた跡がある。血液や皮膚が、悲痛な叫びの代わりに刻み込まれていた。

「雨柳さん、手……大丈夫ですか？」

「――桐弥」

血の染みたハンカチごと手を握ると、雨柳はようやく反応を見せた。

とても彼の物とは思えない死んだ魚のような目に、蠟燭の灯が映り込む。わずかな空気の揺れに従い、今にも消えそうで消えない危うい光は、雨柳の心そのものに見えた。

「桐弥……俺は、俺は……っ、御大を……姐さんを、こんな形で……っ、こんな死に方をさせるために……っ！」

雨柳は哀叫するように言って、言葉を呑み込む。渇いた双眸《そうぼう》が涙で満たされることはなく、先の見えない絶望と悲嘆ばかりがへばりついていた。さながらその瞳の中には確かに、桐弥の姿がある。

「雨柳さん……どうか、しっかりしてください、思い出してください……っ、お父さんは、僕が子供の頃から……事あるごとに、よく言っていました。『極道の人間として渡世を生きる以上、刑務所は修業の場……そして死は……しばしの安息……恐れるものではない。いつ何時どちらに行こうとも、決して嘆いてはならない』と……力強く、語り聞かせてくれました。だから、だから……っ！」

「だから何だ!?　俺はっ、俺はお前のようには思えないっ！　親を守れなくて何のための子なんだっ!?　俺が代わりに……っ、なれるものなら……何度だって……何発だって撃たれてみせるっ！　俺が……俺が御傍に、いたら……っ！　なんでっ、なんで俺が……っ、御供しなかった……なんで……！」

「雨柳さんっ、落ち着いてくださいっ」

「落ち着けるわけがないだろうっ!!　なんだって実の息子がそんなに冷静なんだっ!?」

「貴方がいるからですっ！」

「！」

桐弥は激昂に震える雨柳の肘を押さえ、もう片方の手ではさらに強く手を握った。

彼がいるからこそ、自分には明日が見えた。もしも両親と共に雨柳まで銃弾に倒れていたならば、未来は完全に断たれ、絶望していたのは間違いなかった。

「雨柳さん、貴方がいれば、お父さんの遺志は受け継がれるんです。貴方と共に永遠に、お父さんの理想は生きていけるんです。だから、どうか……気を、確かに……」

自分には彼がいても彼には何もなく、希望など欠片も見えていないのだということが、はっきりと感じられる。今、雨柳の目に映る自分が彼の希望になれたらと——思わずにはいられなかった。

「鳳城の代紋は、貴方が守らなければいけません。誰よりも強く、誇り高い極道として、貴方は五代目に立たなければ——」

父親を亡くし、母親を亡くし、血の繋がった肉親は最早いないに等しいのだと考えながら、桐弥は雨柳の首に縋りつく。耳と耳が触れ合うほど近づくと、早鳴る心臓の音が体に伝わってきた。

「桐弥……」

「――……っ」

桐弥は唇を嚙み締めて、込み上げる感情をすべて身の奥深くに押し戻す。

ただの子供のように泣くわけにはいかなかった。一刻も早く、死の先にあるものを見なければならなかった。無念に違いない両親のためにも、百数十名を超える組員とその家族のためにも、この男――雨柳道風を、どうあっても支えていかなければならなかった。

「貴方のためなら、何でもします。どうか、気を確かに……持ってください」

渾身の力を込めて抱き締めると、それを上回る力が返ってくる。

彼の胸も、背中に食い込みながら広がる掌も、支えなど不要に思えるほど大きかった。逆に依存したくなるような力を秘めた雨柳の肩に、桐弥は顎を埋める。湿ったスーツの下のある緋牡丹に、蝶のように添うことで彼が花開くならば、それでいいと思えた。

「五代目は、貴方です。僕はずっと、貴方のために……打ち続けます……」

「桐弥……」

密着する体を流れる極道の血が、溶け合って高まっていく。

ここから先の運命はこの男と共にあるのだと――半ば強制的に覚悟させられるほどに、血が熱く燃え滾《たぎ》った。

葬儀の打ち合わせまで残すところ一時間という段になり、桐弥は雨柳と共に彼の自宅マンションへと移動した。四代目が通っていた私立病院からも組本部からもほど近い、都内の高層マンションである。

水無月を含む四代目の側近四人と、桐弥と共に駆けつけた幹部二人はそのまま病院に残しており、このマンションに一緒に来たのは雨柳の舎弟数名のみだった。最上階を占める二部屋は雨柳が所有しているため、今は全員もう一部屋に待機して、交替で廊下に立って見張りをしている。

こういった有事の際にすぐに動きが取れるよう、組本部の近くに住居を構えることは忠誠の証とされていた。実際のところ今回も、雨柳は誰より早く病院に向かうことができたのである。

その一方で、都外に住居や組を構える若頭の猪熊や、若頭補佐の萩宮は、いまだに姿を見せてはいなかった。

「待たせたな」

クローゼットルームのある寝室から出てきた雨柳は、濡れたスーツから喪服に着替え、乱れた髪も整えて、一糸乱れぬ装いになっていた。身なりをいつも通りに整えることで、荒れ狂う心も静まっているように見える。

「落ち着きましたか？」

　リビングで待っていた桐弥の言葉に、彼は何も答えなかった。目の前に立ち、腕時計に目をやるなり溜息をつく。時間は刻一刻と迫っていたが、ここは本部から車で五分程度の場所である。もうしばらく留まって、話を詰めることが可能だった。

「お前の方が余程肝が据わっていると、以前から思っていた」

「いえ、今は直視していないだけのことです。先のことしか考えていません」

　二人は真横にあるソファーに座ることなく、共に立ったまま顔を突き合わせる。時間的な問題ではなく、飲み物を口にしながら座って話す心の余裕がなかった。

「まだ少し時間があります。事件のこと、話してもらえますか？」

　桐弥は移動中の車中で訊いたことを、雨柳にもう一度訊いてみた。先程は沈黙ばかりが返ってきて、ようやく口を開いてくれたと思った時にはもう、マンションが目前に迫っていた。雨柳にとってどれほど思い出したくない話であろうと、これは『四代目の死去』という過ぎてしまった過去とは違う。犯人が捕まっていない以上、いまだに続いている話であり、把握しておかなければならなかった。

「診察を終えて、病院の正面入り口から出た時だったそうだ。駐車場は裏手にあり、四人の側近のうち一人は車を取りに離れていた。もう一人は――これは水無月だが、薬局に薬を受け取りにいって、戻って来る途中だった。実際に御大と姐さんの傍にいたのは二人だ。そこに突然バイクが滑り込んできて、御二人を撃って……逃走したっ。側近は掠り傷一つ負わずに、御二人は……即死だった」

モデルルームのように生活感のないリビングに、悲憤に震える雨柳の声が響く。

事件当時は雨が降っていたはずだった。おそらく傘が飛んで、悲鳴が轟《とどろ》いて、大量の血と雨が混ざり合いながら病院前のエントランスに広がり、数段ある階段へと流れていったのだろう――と、桐弥は否応なしにイメージしてしまう。

霊安室で見た母親の顔には、石で擦ったような擦過傷があった。毎朝毎晩大切に手入れをしていたであろう白い肌を、地面に叩きつけて倒れる様が、スローモーションのように浮かび上がってくる。

「苦しむ時間は、短かったんですね……」

氷雨に打たれる感覚が、桐弥の肩に伝わってきた。

雨はどんなに冷たく両親の体を打ったのか、最期に目にした物は何だったのか、銃弾が体を抜ける痛みは如何ほどのものだったのか――思えば思うほどに、体が凍える。皮膚という皮膚が強張って青ざめ、酷く粟立った。

「ああ、短かったと聞いている。医者が、そう言っていた」

「そうですか……それで、犯人は？　独りだったんですか？」

「独りだ。フルフェイスのメットを被った黒尽くめの、骨格的に男と思われる奴だったそうだ。突然現れたそいつに、何もかも……してやられた」

雨柳と桐弥は広いリビングのほぼ中央で、何に寄りかかることもなく対峙していた。

見つめ合い、話せば話すほどに呼吸が熱を帯びていく。今にも噴出しそうな怒りや涙を、互いの目で制し合っているのは確かだった。

「犯人に心当たりはあるんですか？　うちは他の組織とトラブルを起こすような組ではないと思っていましたが、実際のところはどうだったんでしょうか？」

「トラブルなんて何もない。若い連中は報復だと殺気立ってるが、向かう当てがないのが現状だ。広域から傘下に入らないかと誘いはあって、確かに断り続けてはいた。だがそれは穏便に済んでいる話だ。そもそも広域は絶対にこんな真似はしない」

桐弥は雨柳の言葉に深く頷き、極道のありかたと犯人の動機について考えた。

欧米のマフィアなどが秘密結社であるのに対し、日本の極道は法律によって管理されており、組長という形で代表責任者の氏名や所在地を明確にすることが義務づけられている。これは世界的にも稀なシステムだったが、暴力団を徹底排除せず、共存することによって闇に潜り込ませることなく動向を見張るという——ある意味では画期的な物だった。

極道側からすれば動きが取り難く、組長が組織の責任者として表立っている以上、末端の人間が起こした行為であっても頂上まで響き、法的な責任を問われることになる。故に現代の極道は、上の人間のことを慮って無茶はできないのである。まして広域組織のような指定暴力団ともなれば、なおさら法の締めつけが厳しい。表に出るような問題は、そうそう起こせるはずがなかった。

「第一……広域には動機がありませんよね。博打を捨てた広域がうちにそれほどの価値を見出すとは思えませんから。シマだって特別大きいわけではありませんし。でも、もしどこかの小さい組織がうちのシマを狙っていたとしても、やはり無茶はできませんよね」

「ああ、関東には博徒連合の厳しい掟と取り締まりがある。世間的に明るみに出ない些細な問題であれ、それが極道として筋違いなことであれば、強制解散の憂き目に遭わされるのが必定だ。白昼堂々、民間人を巻き込みかねない場所で組長夫妻を襲撃するような馬鹿な真似をする奴は、どこにもいない」

だがしかし、誰かがやったのだ——と、二人は目で語りながら同時に苦り切る。

繋がり合う瞳を通して、同じことを考えているのがわかった。

「雨柳さん……」

「御大が、身内に裏切られ、弑《ころ》されるような御方だとは……考えたくもないが……」

「間違いであって欲しいと、僕も思います。でも今は、あの人達の顔しか浮かびません」

「——俺もだ」

鳳城組四代目を暗殺して、得をする可能性のある人間――真っ先に浮かぶのは、若頭の猪熊だった。そしてそこから派生して、猪熊と昵懇《じっこん》の間柄である若頭補佐、萩宮の顔が浮かび上がっていた。

「そうですよね……お父さんはまだ、公の場で貴方を跡目に指名していない……このままじゃ……若頭の立場を利用して、猪熊の叔父様が跡目に立ってしまうっ」

「あまり早いと時期尚早だと批判を受けるからと、そう仰っていた。御大は俺が三十五になったら公にするおつもりで、時を待っておられたんだ」

「もし遺言書も何も出てこなかったら、雨柳さん本人以外でお父さんの遺志を知っているのは、僕だけってことになりますよね……」

桐弥は両肩にかかる重みに耐え切れなくなり、後退するようにしてソファーに向かう。

いちいち了解を得ることなく腰を落とすと、雨柳も斜め横の椅子に座った。

温もりあるアンティーク家具で埋め尽くされた桐弥の部屋とは正反対に、モノトーンを基調としたデザイナーズ家具が点々と配されたこの部屋は、どこか寒々しくて落ち着かない印象だった。寝に帰るだけというにはあまりにも贅沢な部屋だったが、雨柳にとってここはそういう場所に他ならない。それでも特別な愛着は一部に見られ、多種多様な酒瓶とグラスがずらりとならんだカウンターバーに、彼のこだわりのすべてが集結しているようだった。

「若頭は、広域幹部になることしか頭にない。奴が五代目になれば、まず間違いなく鳳城の代紋を広域に売るだろう。御大の前でこそ叛意を隠していたが、御大は疾うに見抜いておられた。だからこそ徐々に距離をおいていたんだ」

「――どうしたら、いいと思われますか？　実行犯が捕まっていない以上、凶行を仕組んだのが猪熊の叔父様かどうかはまだわかりませんし、鳳城の代紋を売る気でいるのかどうかも確実な話ではありません。でもそれらとは関係なく、僕はお父さんの遺志を確実にしたいんです」

「桐弥……」

「雨柳さん、貴方以外の誰にも、鳳城の代紋は継がせません」

ソファーに座りながらも背筋はまっすぐに伸ばし、桐弥は拳を膝に押し当てる。

その手の中でも頭の中でも、「絶対に許さない」という言葉が渦巻いて、苛烈な熱を持っていた。何を許さないのか――それは複合的なものであり、一つには纏められない。ただ、怒りが体の中で膨らんで、膨らみ切って、今にも心が破裂してしまいそうだった。

「誰にも、思い通りにはさせません。鳳城組は、お父さんの物です。賭場を愛する、真の博徒の物です。だから……貴方と僕が、率いていかなければなりません」

膝の上でカタカタと震える拳に、涙を落としそうになる。けれど今泣くわけにはいかず、桐弥は涙が落ちる前に思い切り目を閉じた。上下の睫毛《まつげ》が濡れたのがわかったが、幸いにして涙は壊れ、雫の形となって落ちることはなかった。

「お前に覚悟があるなら、御大の遺志を継ぐ方法はある」

雨柳は言うなり手を伸ばし、震える桐弥の拳に触れる。いまだに治まらぬ震えを、包み込むようにして止めた。

「どうしたら、いいですか？」

「もう間もなく始まる葬儀の打ち合わせの席で、喪主を務めると言うんだ。お前が黙っていれば、御大の兄に当たる古参の顧問の誰かが務めることになるだろうが、実の息子がやると言えば止めることはできないだろう。血の繋がりの前には、誰も敵わない」

桐弥は喪主の大役を務めることに些かの抵抗を感じながらも、両親を見送るのは極道に関係なく自分の仕事であると自覚した。雨柳の提案に承服し、「わかりました」と、堂々たる声で返す。

「喪主の務めを完璧に果たした後は、霊代《れいだい》を買って出るんだ。いいか、お前が喪主になるに当たっては、唯一の法定相続人である息子として当然の権利を主張できる。だが霊代となれば話は変わってくる。これは極道として名乗りを上げるも同然のことだ」

「霊代……」

桐弥は想像していなかった言葉を耳にして、喉が一気に渇くのを感じた。雨柳の考えはすでに読めたものの、まだ十八になったばかりの自分に、そんな大役が許されるとは到底思えなかった。

霊代とは、亡き先代の代理人を意味しており、次の跡目が当代になるまで、先代とほぼ同等の権力を握る者である。雨柳を五代目として指名するには、絶好の立場だった。

「古参顧問のうち二人は、御大と共にガキの頃から俺を可愛がってくださった方々だ。今でも頻繁に酒を飲む間柄だからな、お前が霊代に立つことに口添えしてくださるはずだ。葬儀までには話を通しておく」

「はい……」

「他にも、金で動かせる顧問に心当たりがある。無論古株の若頭と昵懇な輩も多いが、できる限り切り崩してみせる。まずは喪主、その後で霊代だ」

雨柳は怜悧な表情で語っていたが、桐弥の拳を覆う手には熱が籠っていた。

そんな彼を見据えながら、貴方がいてくれてよかった——と、心の底から叫びたい思いに駆られ、桐弥は瞼を閉じる。そうでもしなければ、先程とは違う涙が零れそうだった。

「葬儀には全国津々浦々から弔問客がやってくる。その中には親分幹部も大勢いるだろう。実子であるお前が喪主をやる分には、そのことでお前を跡目だとは考えない。だが若頭がやるとなったら話は別だ。跡目は若頭と——そう目されてしまう。わかってるな？」

「はい、わかっています。絶対に若頭のいいようにはさせません。誰にも侮られないよう、精一杯務めます」

葬儀に集まる極道の猛者達、彼らを相手に喪主を務めることは想像を絶する重荷だった。さながら雨柳と共になら、如何なる困難も乗り越えられると信じていられた。

「雨柳さん……」

桐弥は涙腺が落ち着いてから瞼を上げて、雨柳の顔を検分するように見つめる。

組長とは最強のシンボルであり、組織そのものの士気を上げる存在でなければならない。なおかつ、守りたいと思わせるだけの男でなければならない。雨柳を跡目に選んだ父親の目に狂いはなかったと——桐弥は今、自分の目で確認し、心から信服した。

初七日の夜、鳳城組本部の屋根を、霧雨《きりさめ》が音もなく打っていた。

襲撃事件の犯人がいまだ捕まっていないため、正門前には警察官が立ち並び、物々しい警戒態勢を取っている。マスコミも多数押し寄せてカメラを向けており、テレビを点ければ組本部の外観がプライバシーも何もなく映されているような状況だった。

組長夫妻を惨殺された鳳城組は紛れもない被害者だったが、暴力団組織というだけで世間に同情されることはなかった。マスコミが注目しているのは、白昼堂々拳銃が使われ、一般の人間を巻き込みかねなかったという事実である。まるで撃たれるだけの問題を抱えていたかのように取り上げられた鳳城組の構成員は、この一週間の報道内容に皆腹立たしい思いをしていた。

だからこそ、こんな時だからこそ、暴力団員とはこうも静かなものかと思わせるほど冷静に、非の打ちどころなく対応するよう下々の者に厳しく指示した雨柳は、すでに跡目の風格を漂わせていた。心ある極道にとって組長とは尊敬する最愛の親であり、その突然の死によって心の拠りどころをなくした彼らは、当然のように雨柳を頼る形となった。彼はそういった力を、生まれながらに備えているのである。


雨柳の求心力、実力共に申し分はなく、問題は若頭の猪熊の存在――桐弥は改めてそう考えながら、目の前に座る張本人を睨み据える。

鳳城桐昌と藤子の遺骨が安置された後祭りの祭壇を横に見て、猪熊と対峙していた。

桐弥は黒紋付羽織袴姿で正座し、猪熊は洋装の喪服でネクタイは緩め、足を崩してふんぞり返っていた。肥満のせいか暑くもないのに汗を掻いており、頻《しき》りに扇子を扇ぐ。

「流石《さすが》に賭場で鍛えた度胸は大したもんだと、そりゃもう感心しっぱなしだ。百戦錬磨の猛者相手にビビらんと挨拶して、通夜も葬儀も初七日も、きっちり務めたのは認めるぞ。わしとてそこらへんは素直な男だ、なぁそうだろ?」

「恐れ入ります」

「だがなぁ坊、喪主と霊代じゃぁわけが違う。今回は姐さんが一緒に亡くなってることもあって、一般葬の色もそこそこ強かった。まだ十八でカタギのお前さんが喪主を務めても、そう不自然じゃない流れになったが、霊代ってのは極道の役職だ、それもとびきりのなぁ。カタギが出る幕じゃあないってことは、わかってるだろ？」

「僕はカタギではありません」

酒臭い息を吐く猪熊を前にして、桐弥は毅然とした態度で言い切った。

この言葉を明言する日がいつか来るような気がしてはいたものの、本当に口にしてみると、引き返せない現実が迫ってくる。されどそこに後悔はなかった。事件を受けて流されてここに至ったのだとしても、今は命懸けで成し遂げたいことがあった。

「雨柳と交わした盃のことなら、お前さんが気にすることはない。カタギになりたかったんだろう？　女装させられて十六ん時から打たされて、イヤイヤだったたじゃないか」

「確かに女装は嫌でしたけど、それもう、する必要はなくなりますね。僕は鳳城桐弥として賭場に出るんですから」

「どうあっても霊代に立つというなら、俺を跡目として指名しろ」

「それは無理なお話です。僕は父の口からはっきりと、雨柳さんが跡目だと聞かされています。霊代として立ち、幹部会でそれを伝えるのが僕の役目だと思っています」

動じない桐弥の言葉に、猪熊は眉を寄せる。元々毛深く太い眉が、一本に繋がりそうな勢いだった。

「坊、現実的に考えてみろ。極道なんてもんはなぁ、それしかやれねぇ奴がなればいいんだ。お前さんみたいに、できのいい坊ちゃん学校に通ってる子供がなるもんじゃねぇ。大学にいってまっとうなカタギになりたかったんだろう？　なりゃぁいいじゃねぇか」

「叔父様の仰る通り、極道以外の生き方に憧れはありました。極道にしかなれないとは、思いたくなかったんです。でも、鳳城組には僕という胴師が必要です。なんとなく憧れる世界にいくよりも、必要としてもらえる世界にいる方が幸せだと思いませんか？　何より僕は、本当は……賭場がとても好きなんです。鳳城組には真の博徒であって欲しいと、心から願っています」

雨柳にすら伝えていない気持ちを語った桐弥は、幼い頃から知っている猪熊に、博徒の心を思い出させたかった。極道のシノギが如何に多様化しようとも、博徒は賭場を開いてこその博徒であり、それを完全に捨ててしまったら最早何の集団なのかわからないのだということを、立ち返って考えて欲しかった。

「くだらん。頭にカビでも生えてんじゃないか？」

返ってきた言葉は、予想以上に酷い物だった。

猪熊は扇子を閉じて笑うと、その先端で畳をトンと打つ。

「博打の時代はとっくの昔に終わったんだ。昭和のカビ臭い極道じゃあるまいし、あんな危ういもんにいつまでもしがみつく必要はない。いいか坊、わしは何も雨柳やお前さんを排除しようなんて考えちゃいないんだ。わしが五代目になった暁には、萩宮を若頭に立てるつもりだ。まだ若い雨柳は今のまま若頭補佐として留まってもらうが、わしに万が一のことがあれば順送りで、いずれは……そうさな、七代目あたりで天辺に立つ男だろうよ。坊にはカタギとしては十分な暮らしができるよう使用人付きの豪邸でもと思っていたが、そんなに賭場が好きなら胴師として残って、時々は賭場を開いたっていい」

この条件でどうだ？　とばかりに身を乗り出してくる猪熊を前に、桐弥は憤りを禁じ得なかった。猪熊が雨柳を離さないのにはれっきとした理由があり、彼が持つ錬金術師の如き金策の才が不可欠だからである。

博打に傾倒する鳳城桐昌のような生き方が旧弊な極道の生き様であることは事実だったが、雨柳には近代極道として生き抜く絶対的な才能があった。その上で賭場も大切にしている男だったからこそ、跡目に選ばれたのである。

「どちらもない人に、言われたくないです」

桐弥がぽつりと口にした一言に、猪熊はカッと目を剝いた。自分の力量をわかっているのか、どうやら同じことを考えていたようだった。

「坊っ、雨柳を跡目に立てるような真似をしてみろっ、猪熊会と萩宮組は鳳城の傘下から抜けるぞ！　本家直参なんざちまっとしたもんだ、圧倒的な兵を失ってただでさえ小せぇ組がさらに小さくなるのは目に見えてるっ！　半分以下どころじゃないんだぞっ！」

　閉じた扇子を握り締めてミシミシと鳴らす猪熊に、桐弥は溜息をついてみせた。実際のところ呆れ返ってしまい、言葉を発するのさえ億劫になる。

「組織の価値は、組員の数ではないはずです。ろくな極道教育もせずに盃を与えてしまう御二方のやり方を、父は何度も窘めていましたね。極道は質だと考えていた父にとって、直参組員の数は問題ではありませんでした。それは雨柳さんにしても同じことです。猪熊会と萩宮組が抜けようと、一向に構いません。『鳳城系』の看板を捨てて、どうぞ御自由になさってください」

　突き放すように言った桐弥が口を閉じた刹那、猪熊は巨体を大きく跳ね上がらせる。手にしていた扇子を振りかざし、桐弥の顔めがけて投げつけた。

「ぁっ！」

　バシィッ！　と音が響いたが、反射的に手を出していたため、打たれたのは左手首と額の一部で済んだ。それでも暴力を振るわれた衝撃は大きく、一瞬全神経が硬直する。

「雨柳に御執心なのは結構だが、ああいうタイプは長生きしないぞっ！　大事な旦那に弾避けでもつけとくんだなっ！」

「――叔父様も、どうぞ身辺お気をつけて……」

「どういう意味だっ!?」

桐弥は猪熊に対して何かしらの不当な手段を取ることなど考えてはいなかったが、売り言葉に買い言葉で言っていた。されど口ばかりというわけでもなく、後祭りの祭壇に目を向けてみれば――殺意に近い感情が芽生えてくる。

「僕は、両親をこんな小さな箱に詰めた人間を……決して許しはしません。もしも貴方がやったのでしたら、覚悟しておいてください」

「おいおい、そりゃないだろう。十八にもなって、言っていいことと悪いことがあるってことを知らないのか？」

「お心当たりがないのでしたら、聞き流してください」

桐弥が憎悪と侮蔑を込めて睨み上げた刹那、猪熊は目に見えるほどの青筋を立てる。何も言わずに落ちていた扇子を拾ったかと思うと、黒靴下に包まれた足を持ち上げた。

「うあっ！」

「俺に逆らったことを、いつか必ず後悔させてやるっ！」

猪熊は桐弥の肩を思い切り蹴り飛ばし、顧みるなり座布団を足蹴にして入り口に向かった。障子をパーンッ！　と荒々しく開けると、数間先に控えさせていた猪熊会の若い衆に向かって、「おい！　帰るぞっ！」と怒鳴り声を上げる。去っていくその肩からは、湯気が立ちそうなほどの怒りが見て取れた。

初七日の法要に続いて猪熊と渡り合った桐弥は、後祭りの祭壇の前に座り込んでいた。薄ら寒いこの部屋を出て、早く自室に戻って眠った方がいいという、正常な判断は働いている。けれど心身共に疲れ過ぎていて、本部のある母屋から自宅のある離れまでの移動すら儘ならない。渡り廊下を歩くことが、まるで数千段の階段を上ることのように感じられ、身動きが取れなかった。

(お父さん、お母さん……)

桐弥をこの部屋に繋ぎとめるのは、疲労ばかりではない。青々しい藺草《いぐさ》の香りと混じり合う線香の香りや、両親の気配は、悲しくも優しかった。

並んだ骨壺のうち父親の方を見据えては、どうか雨柳さんが跡目に立てるよう見守ってくださいと祈り、母親の方を見据えては、ただひたすらにごめんなさい許してくださいと謝り続けた。

父親に対して後ろ暗いところは何もない桐弥だったが、母親の期待を裏切ってしまったことは自覚している。「貴方が選んだ道なら、いいようになさい」という優しげな声が聞こえてきたが、それは自分の都合で作り出した幻聴としか思えなかった。

もしも彼女だけ生き残っていたならば、この非常時に何を言っただろうかと——いくら考えても正しい答えなど出せるわけはなく、繰り返し謝ることしかできなかった。

(本当のことをいうと、未練がないわけじゃないんです。でも今は、こうすること以外の

何も思いつかない。どんな未来よりも大切なことだと、心から思えるんです）

桐弥は新しい線香を立てると、そっと手を合わせる。

線香は五ミリ以上もある太い物で、焼けるに従って仏像が現れるようになっていた。

「桐弥さん、こちらにいらっしゃいますか？」

仏像の頭がようやく見えてきた頃、障子の向こうから水無月の声がした。誰であるかはすぐにわかった桐弥だったが、彼は丁寧に「水無月です」と名乗る。

「どうぞ、入って」

随分と間を置いてから言った桐弥は、密かに息を吸い込んだ。何しろ水無月とまともに顔を合わせるのは、あの事件の日以来のことになる。

喪主を務めた桐弥と、下っ端の構成員として雑務に追われた水無月は、それぞれに忙しく接触も少なかった。なれど本当に顔を合わせなかった理由は、水無月が意図的に避けているせいだと、桐弥は疾うに気づいていた。

「桐弥さん、この度は……本当に、申し訳ありませんでしたっ」

水無月は部屋に入るなり土下座して、畳に額を押しつける。

桐弥がすぐさま「顔を上げて」と言っても、そうする気配はまったくなかった。

「せっかく、せっかく補佐にっ、御大の側近に取り立てていただきながらっ、結局何一つ御役に立てず……こんな、最悪なことになってしまって、桐弥さんに、どうお詫びしたらいいかわからず、本当にっ、申し訳なく……っ」

座布団から腰を上げた桐弥は、標準語で詫びの言葉を口にする水無月に近づく。

そうでもしないと彼は顔を上げてくれない気がして、目の前に膝をついて肩に触れた。

「君には何の責任もないよ。お父さんの側近になった初日にあんなことが起きてしまって、むしろ申し訳ないくらいだよ」

「桐弥さんっ！」

「無事で、本当によかった」

桐弥はわずかに顔を上げた水無月を見下ろして、胸の内にある思いを形にした。

もしもあの時彼が両親の傍にいて、一緒に撃たれていたらと——あれから夜がくる度に、何度も考えた。今がすでに自分の限界で、これ以上の悲しみを背負ったならば、潰れて二度と立ち上がれない気がしていた。

「お通夜とか葬儀とか、初七日の法要とか……これまで深く考えたことはなかったけど、亡くなった人よりも、生きている人のためにあるみたいだよね。最初は恐ろし過ぎて考えないようにしてたのに、次第に自覚させられて、今はもう……二人に訪れた死を、だいぶ、現実的に……考えられるようになって、でも……わりと、正気でいられるよ」

ある程度は時が癒してくれるものなんだね——と繋げようとした桐弥だったが、それを言葉にはできなかった。喉元には嗚咽が、瞳には涙が込み上げてきて、途端に緩んでいく我が身を感じる。

「桐弥さん……っ」

「——……っ、ぅ」

ずっと泣かずに、気丈なまでにしっかりと振る舞っていられたはずだった。たとえ人のいない場所でさえ、ベッドの中でさえ泣いてはいけないと自分に言い聞かせて、体はぎりぎりのところでその意志に従ってくれた。

「……っ、ぁ……な、なんで……っ」

なんで涙が出るんだろう……と、言いたかった桐弥だったが、思考は一つに定まらず、たちまち別の方向へと走り出す。いったい何故母親まで撃たれなければならなかったのか、極道の妻になりきれなかった普通の妻であり母親であった彼女が、如何なる咎《とが》があって二発もの銃弾を浴び、無残に命を奪われなければならなかったのか——もっとも叫びたかった悲痛な思いが満ち潮のように脳裏に満ちて、それしか考えられなくなっていた。

「——……どうして、どうしてお母さんまでっ……っ！」

「桐弥さんっ」

「どうして……どうしてっ⁉」

身を起こして膝立ちになった水無月の胸に、自ら飛び込んだのか引き寄せられたのか、一瞬のことでわからなかった。おそらくは両方同時だったのだろうと思えたのは、同じ力でしっかりと抱き合った時だった。

「……ぅっ、う……くっ、ぅ……」

もういっそ、声を出して思い切り泣いてしまってもいいと……自分に許したところで、まともな声など出てこない。突然昂《たかぶ》り過ぎた感情につられて、激しい頭痛や眩暈を覚えた。頭蓋の内側で高速に巡る血液の音が、耳の奥でうるさく響く。瞼を焼くような熱い涙が次から次へと迸《ほとばし》って、水無月の喪服に染みた。

「ぅっ、ぅ……ぁ、ぁ……っ、あぁ――……っ！」

「桐弥さん……桐弥さんっ……！」

両親は死に、もう二度と逢うことは叶わない――そう思った瞬間体が震えた。畳も壁も何もかもが消え失せて、真っ暗な奈落の底に落ちていくようだった。骨が砕けるかと思うほど強く強く抱き締められていなければ、意識ごと闇に呑まれてしまう。

線香の匂いばかりが満ちた部屋の中で、桐弥は水無月の胸に縋っていた。

先程供えた線香は大部分が燃えており、それでいて崩れることはなく、今はもう仏像の体まで現れているに違いなかった。

「桐弥さん……」

しっかりと抱かれながら背中をさすられ、耳元で名前を囁かれる心地好さに、体が芯か

ら温まる。

あの事件から先、雨柳と共に支え合い、燃えるような日々を過ごしてきた。さながらそれは温もりとは異なり、劫火《ごうか》となって骨まで焼き尽くすような、熾烈《しれつ》な熱だった。

独り静かに眠る時も、一時の安らぎを感じられる入浴の時も、これほどまで解放されて、心温もることは一度もなかった。

「──すっかり、甘えてしまって……ごめんなさい」

桐弥は水無月の体から少しだけ身を引いて、彼の顔を見上げる。「いいえ」と言いながら首を横に振った彼の瞳は、今にも零れそうな涙の膜で覆われていた。白眼は清々しく光り、白を越えて水色に見えるほど澄んでいる。唇はわずかに震え、それを止めようとして食い込む歯列もまた、白く美しかった。

「両親が、健在のうちは……状況に甘えていて、カタギになりたいとか……人並みの悩みを持つことそのものに、憧れていたような気もするんだけど、今ね、なんとなくじゃなくて、はっきりと……やりたいことがあるんだ」

「はい」

桐弥は水無月の両肘を摑むようにしながら、彼の手を背中に感じていた。

まだ離れたくなくて、もう少しだけこうしていたくて、目の中に彼を閉じ込める。

そうしていると、目は口ほどに物を言う──という諺が頭を過るほどに、互いの望みが通じ合った。唇を重ねたくて、顔を前に突き出してしまいそうになる。

「僕は、雨柳さんを支えて、生きていこうと思う」

唇が水無月に向かう前に、桐弥は覚悟を口にした。

霊代になる身で、構成員に泣き縋ることさえ罪な話で……これ以上何一つ、彼に甘えるわけにはいかなかった。

「桐弥さん、本当にそれで……」

「雨柳さんを五代目に立てたい。それが今の僕のすべてなんだ」

わずかに残る恋心など存在しないも同然だとばかりに、桐弥は力強く言い切った。

触れていた水無月の両肘から手を離すと、彼も同じように背中から手を滑らせる。

四本の腕が交差しながら分かれて畳に落ち着いた時、水無月は膝を二歩後ろに引いた。

正座をし、手をついて背筋を伸ばし、その場で深く頭を下げる。

「自分はっ、五代目を支える貴方を、少しでも支えられる男になります」

哀傷を疼かせる匂いに満ちた部屋に、希望を孕んだ声が響き渡った。

恋心を抜きにしても、ヒエラルキーの底辺にさえこれほど頼れる青年がいてくれることを、桐弥は誇りとして胸に刻む。

「ありがとう」

水無月を含め、直参組員こそが父親の遺産であり、なおさら大切に、雨柳に引き継いで欲しかった。

夜も更けた頃、霧雨は激しい雷雨に変わった。

水無月の前で思い切り泣いたのがよかったのか、驚くほどすんなりと眠りに就けた桐弥だったが、想像を絶する雷鳴に起こされる。つい先程まで正門前に陣取っていたマスコミの騒々しさが、可愛らしく感じられるほどの轟音だった。

空は憤るように唸りを上げ、遮光カーテンを通り越す勢いで光る。窓をバチバチと打つ雨音も激しく、あの事件の日のように——悪いことが起こりそうな予感がした。

桐弥は部屋に近づいてくる何者かの気配を感じて、浴衣姿でベッドから下りる。衿元を寄せて羽織を肩にかけ、来訪に備えて照明を点けた。雷のせいで瞬間停電していたらしく、何度かスイッチを入り切りしてようやく点く。

「坊……霊代、御休みのところすみません、小野です。少しよろしいですか?」

扉の向こうから名乗ったのは、賭場で中盆を務めている小野だった。

桐弥は扉を開けるなり、遥か上にある彼の顔色を窺う。

一般の人間が任侠映画などを見てイメージするような、如何にも極道らしい野太く低い声の持ち主である彼は、見た目もそのままの男だった。雨柳が目をかけている舎弟であり、鳳城組では数少ない本家住まいの幹部構成員である。

「何かあったの？」

彼が廊下を走ってこなかったことで多少落ち着いてはいられたものの、古傷の残る顎や唇がこれからどう動いて、何を言い出すのか考えると動悸が速くなった。できることなら、停電や雨漏りによる小さな被害の知らせであって欲しいと、固唾を呑んで願う。

「雨柳の兄貴のことなんですが」

「！」

早鳴る心臓が、一瞬にして止まる感覚だった。悪い予感がする今一番聞きたくない名前を聞かされて、桐弥は雷に打たれたようにびくつく。焦燥が顔にも出ていたらしく、小野は慌ててかぶりを振った。

「どうかそんなに御心配なさらず。ただ少し気になったことがありまして」

「何があったの!?」

「霊代が御休みになられてからですから、二時間ほど前になります。雨柳の兄貴が突然、舎弟もつけずに自分で運転してこられましてね、大雨の中を」

「雨柳さんが独りでっ!?」

「はい、それで人払いしてそのまま、部屋から出てきません。泊まりだと思いましたんで客間に布団敷いて声かけさせてもらったんですが、返事がなくて」

「部屋って一階の北の間のこと？　祭壇のある……」

「そうです。どうも気が立ってるようでしたし、そういう時に下手に刺激すると暴れかねない人ですからね。ここは坊に……いえ霊代にお願いした方がいいかと思いまして」

「御苦労様、あとは任せて」

桐弥は小野の話を聞いている最中に動き始め、廊下を急いだ。

正方形の小さな中庭を三面のガラスと扉付きの竹柵で囲っている地点を以て、鳳城家の自宅となっている離れが終わる。

池が雨で波打つのを横目に渡り廊下に向かうと、室内にいる時よりも雷鳴が近くに感じられた。雨風は防げる構造だったが、強風で軋んでいる。

(雨柳さん……どうしてこんな嵐の中を……)

ここへ来る途中で事故を起こしたという話ではなかったことに心底安堵する桐弥だったが、声をかけても返事がないという言葉は気になっていた。極力足音を立てないよう気をつけながら、廊下を急ぐ。

今この屋敷の中にいるのは本家住まいの比較的若い直参組員のみで、雨柳よりも猪熊を慕うような組員は一人もいない。とはいえ、絶対にありえないと思っていた組長襲撃事件があった以上、どこで何が起きるかわからないという不安は持っていた。

「雨柳さん、桐弥です。入りますよ」

到着した北の間は、本来ならば若い衆が交替で蠟燭番をしているはずだった。しかし今その姿はない。

人払いをした雨柳が後祭りの祭壇を前に何をしているのか、そして何故雨の中わざわざ車を飛ばしてきたのか、この部屋に着くまでに大方の想像はできていた。

初七日の法要を終えた後、自宅マンションに戻って空模様を目にした雨柳は、あの日の出来事を思い出して――再び悔やみ、苦しんだに違いなかった。

「雨柳さん……」

蠟燭が灯るだけの薄暗い部屋で、雨柳は後祭りの祭壇に伏せるようにして眠っていた。喪服姿で畳に直接座っており、座布団を使った形跡はない。空になった日本酒の酒瓶とグラスが、足元に転がっていた。

「雨柳さん、起きてください。こんなところで寝たら風邪をひきます」

桐弥は少々厳しい声音で言うと、雨柳の背中に触れる。

声を上げて泣くことのできない彼は、こうするしかなかったのだとわかっていた。されど今は、遺骨に縋るよりも生きている自分の体を大切にして欲しかった。

「――桐弥……」

「スーツが湿ってるじゃないですかっ、そんな恰好で冷える部屋に何時間もいるなんて、大事な時に無責任なことをしないでくださいっ」

桐弥はスーツの背中や肩の湿り気にぞくりとして、思わず声を荒らげた。身内の人間が使う駐車場から玄関までは距離が短かったが、雨の日は傘を差す必要がある。濡れ具合からして、雨柳が傘を差さずにきたのは明らかだった。

「耳元で怒鳴るな、頭痛がする」

「風邪をひいたせいじゃないですかっ!? 客間に布団を用意してあるそうですから、早くそちらに移ってください。お風呂の用意もさせますかっ？」

きつい口調で迫りながらも、桐弥の頭の中では別の意識が働いていた。酷く傷ついているこの男に、もっと優しく接しなければ……と、自分に言い聞かせる。

それは簡単なことのようで非常に難しく、ここ二年間のぎすぎすとした関係が蘇ったかのようだった。剝き出しの刺々しい感情をさんざんぶつけ合った家族に対し、ある日突然反省を見せて可愛らしい態度を取れないのと同じように、どうしても遠慮がなくなってしまう。今は誰よりも強くあって欲しいという思いが容赦なく前面に出てきて、理性で抑え込むことができなかった。

「――帰る」

雨柳は桐弥の差し伸べた手を振り払うと、畳に手をついて自力で立ち上がる。ゆらりと身を起こす最中にポケットに手を入れ、車のキーを取り出した。

「ふざけないでくださいっ、まさか自分で運転する気ですかっ!?」

「別に酔ってるわけじゃない」

「飲酒運転なんて絶対ダメですっ！」

「とにかく帰る。お前の金切り声は聞きたくない」

「いけませんっ、泊まっていってください！」

桐弥は普段の彼では考えられない行動や言動を前に、ますます苛立っていくのを感じていた。雨柳の肘をしっかりと掴んで、転がっているグラスを踏ませないよう気をつけながら引いていく。

「放せっ」

「放しませんっ、明らかに酔ってるじゃないですか！　こんな雨の中を舎弟の一人もつけずに独りでくるなんて、無謀にもほどがあります。犯人まだ捕まってないんですよっ」

「！」

犯人という言葉に過剰な反応を見せた雨柳は、部屋を出るなり桐弥の手を振りほどく。

その途端に酔いが醒めたような顔をして、乱れていた前髪を掻き上げた。

「自覚してください、貴方は跡目になる御方なんです。過激なことをする人間に狙われている可能性は十分あります。外に出る時は舎弟を多めにつけて、これまでの何倍も注意してくださいとお願いしたはずです」

「……どこの客間だ」

「おそらく二階の奥だと思います」

桐弥は露骨にホッと息をつき、階段を上がり始めた雨柳の後をついていく。

先程布団を用意したと言っていた小野は、桐弥が雨柳を跡目に指名するために霊代に立ったことを知っていた。そんな小野が雨柳のために布団を敷くならば、一番良い部屋を使うであろう……と推察してついていった桐弥の前で、襖が開かれる。

二十数畳の青々とした畳の上に、ダブルベッドに相当する大きな布団が敷かれていた。光沢のある金銀赤の糸で描かれた花や蝶が美事だったが、雨柳は部屋に入るなり「喪中にこんな布団を敷く奴があるか！」と一喝して、掛け布団を蹴り上げる。

「雨柳さんっ」

灯籠型の照明がほんのりと灯る中で、掛け布団は何度も蹴られ、完全に裏返された。

雨柳は呼吸を荒らげて激昂を露わにしたまま、敷布団の上にどかりと座る。今は何もかもが腹立たしい様子で、眉間から皺が消えることはなかった。

「お水でも飲んで落ち着いてください。すぐに別の布団を出しますから」

桐弥は座卓の前で膝をつくと、水差しを手にしてグラスに水を注ぐ。雨柳が酒を飲んでいたのは小野の知るところだったらしく、水差しの横には二日酔いを防ぐ胃腸薬まで用意されていた。

「初七日も無事に済みましたし、皆……喪に捉われず先を見ているんだと思います。貴方という希望があるからこそ、こんな状況でも明るくいられるんです」

「――……」

雨柳はグラスを差し出した桐弥を睨み上げ、何か言いたそうな顔をしながら一気に水を飲み干す。空になったグラスを突っ返すなり、忌々しげに舌を打った。

「うるさく言いたくはありませんけど、自分の立場をよく考えて行動してください。今の貴方はただの若頭補佐ではないんです。まだ正式にしていないとはいえ、本家住みの直参組員の多くは、僕が霊代として貴方を跡目に指名することをわかっています。それはもう、噂というよりは皆の望みだと心得てください」

桐弥はグラスを盆に載せて畳に滑らせると、布団のすぐ横に正座する。別の掛け布団や浴衣を用意するつもりだったが、その前にしっかりと言い聞かせたかった。

雨柳だけではなく、霊代を名乗った自分自身に対しても――どれほど悲しくても悔しくても、それを表に出すことが許されない立場であることを、改めて覚悟させたかった。

「猪熊会や萩宮組の人間だけではなく、直参組員の中にも若頭につきたがる者がいるかもしれません。組長襲撃を企てたのが彼らであるという証拠がない以上、つき合いの長さや恩義、それに年齢的な問題など、人それぞれ思うところはあるかと思います。でも跡目を決めるのは霊代で、その座はどうにか手に入れました。たとえ誰が何と言おうと、貴方を跡目に立ててみせます」

桐弥は言葉として口にして、それを耳で聞いて受け止めることが重要だと考えていた。自身の放った言葉であれ、内心密かに唱えるよりも遥かに重くなり、必ず力になるはずだと信じていた。なれど雨柳はうるさそうに顔を顰めるばかりで、意欲的な態度を見せてはくれなかった。

「跡目跡目と、お前はそればかりだな」

「もちろんです、跡目は貴方以外には考えられません。父の遺言だからというだけではなく、僕自身も貴方が相応しいと実感しているんです。だからどうか気をしっかり持って、誰より強くあってください。多くの組員の期待や生活が、貴方の肩にすべてかかっているんですっ」

「ああっ、そうだな、その通りだっ」

熱く語り聞かせていた桐弥は、突如手首を摑まれる。そこから先は一瞬で、瞬きをする間もなかった。剝いた眼球の表面が乾くような勢いで空を切り、布団の上に薙《な》ぎ倒される。

「あっ!?　雨柳さ……っ！」

「お前の言い分は正しいが、だったら俺も言わせてもらおう。重責と闘う男を慰めるのは、妻の務めだろう?」

「！」

「何でもすると、言ってたよな？」

「雨柳さんっ……な、何を……っ」

覆い被さる雨柳の前で、桐弥はあまりにも無力だった。十八歳の男子でありながら女性と見間違えられるのは、顔立ちのせいだけではない。首は細く肩は薄く、すべてが華奢にできているのである。指に怪我をしないよう大切に育てられてきた胴師の手は、さながら白魚のようだった。手首など、二本まとめて雨柳の片手で縫い止められてしまう。

「夫婦ごっこを、本物にしてもらおうか」

「……っ！」

桐弥は言葉の意味を理解すると共に、反射的にあらん限りの抵抗をみせた。

しかしながら、どう頑張っても彼の手からは逃げられない。牢獄の壁に取りつけられた鉄枷のように頑丈で、桐弥が肘に力を入れて思い切り引いても、びくりともしなかった。

「やっ、雨柳さ……っ」

殴られる時よりも何よりも、今の雨柳が一番怖いと思った。格闘技で鍛え抜いた長身の大人の男を前に、桐弥は組板《まないた》の鯉同然の状態であることを痛感する。彼の脛でがっちりと押さえられた膝は少しも浮かすことができず、辛うじて動かせるのは足の先や手指の先くらいのものだった。それすらも、力を入れ過ぎて攣りそうになっている。

「此の期に及んで何故そんなに抵抗するのか、理解し難いな。俺が極道である限りお前を放さないと――はっきりと言っておいたはずだ。俺に跡目を継がせ、俺と共にこの世界で生きると決めた時点で、こうなることはわかっていただろう」

ほぼ真上にある雨柳の顔から目を逸らさず、桐弥は無心に首を左右に振った。確かに、雨柳の気持ちを事前に知ってはいた。だからこそ水無月との恋も諦めた。しかしながらこんなことまでは想像できず、ましてや跡目を継いでもらうことと絡むとは、まったく考えていなかった。

「雨柳さん……っ、待ってください……そんな、ことは……」

枕に埋めるように捕らえられた両手はそのままに、桐弥は帯のほどかれる音を聞く。羽織は畳に落ちており、身に着けているのは浴衣と下着のみになっていた。

雨柳がその気になればすぐさま剝かれてしまうような、隙のある恰好を悔いたところで、後の祭りだった。

「やっ、いやです……僕はっ、こんなのは……！」

桐弥が動かせるのは、最早口ばかりになる。

相変わらず鉄枷のように強固な彼の片手――それも利き手ではない方の手でさえこんなにも強いのかと思うと、逃げる気も抵抗する気も失せていた。圧倒的な力の前では何もかもが無駄だと、本能が諦めている。頼みの綱は口だけで、獣ではない彼に言葉を尽くして、どうにかやめてもらうしかなかった。

「——雨柳さんっ、お願いっ、ゃめて……っ」

焦燥に駆り立てられ、恐怖に押し潰され、思考はまともに働かなかった。

口から出るのは「やめて」「お願い」の二つばかりで、それは何の効力も持たない。

器用に動く雨柳の手が割れていた裾の間に忍んできて、太腿に触れられた。

「ひっ……っ」

冷たい手が、温かい腿の内側を滑る。

五本の指の腹をそっと掠めるように、その指紋さえ感じられるかと思うほど表面のみを軽く……ゆっくりと滑っていく。

「桐弥……」

「ゃっ、あ……ゃめて、やめてくださいっ、そんなつもりは……っ」

普段は厳しい雨柳の声の甘さに、脳の奥がジンと痺れた。

その声は人を惹きつける魅力に溢れ、男性特有の艶をたっぷりと含んでいたが、桐弥にとっては恐ろしいばかりだった。自分の知らない雨柳に組み敷かれているのだという感覚がリアルになって、目の前にある顔が見ず知らずの男の物に見えてくる。実際のところ、雨柳の表情はいつもとまったく違っていた。幼少の頃から慕っていた兄のようではなく、反発しながらも信頼していた極道の男でもなく、今はただ、自分から何かを奪い取ろうとしている欲深い男に見えた。

「いやっ、やめて……っ！　嫌ぁあぁ――っ!!」

叫んだ瞬間、太腿に指が食い込む。

先程までの触り方とは大違いに、皮膚を破り肉を分け、骨を掴むような強さだった。

「うああっ！　やっ、痛っ、ぃっ！」

「大人しくしてろっ」

バシィッ!!　と音を立てて顔を引っ叩《ぱた》かれ、口の中に血の味が広がっていく。

殴られると同時に両手を解放されたことに気づいたが、枕の中央に揃って埋め込まれたまま、動かすことができなかった。何をされるのかと思うと恐くて、体が強張る。

賭場に出ていた桐弥は常人では考えられないような、甚だしい緊張感の中を潜り抜けて生きてきたが、今はその経験すら役に立たなかった。雨柳が見ず知らずの欲望の男ならば、自分もまた、男の獲物という想定外な存在といえる。

「うっ、ぅ……」

指の痕が何日も消えないであろう腿の痛み、殴られた顔の痛み、血の味、それらは先日雨柳が見せた淡い恋情を打ち消していた。彼に好かれているなどとはどうしても思えず、嫌悪と憎悪で涙が込み上げてくる。

「いっ、ゃ……っ、ぃやぁ……っ」

風呂敷を広げるように浴衣の合わせを開かれて、唯一残った下着に指をかけられた。

どうにかそこに手を伸ばせたものの、阻止する前に荒々しく弾かれて行き場を失う。

下着の中にするりと忍んできた手で陰部に触れられ、嫌悪に羞恥が混じった。

「うっ、ゃめ……やめてくださいっ、お願い……っ」

雨柳の顔は真正面ではなく下へ下へと移動していき、桐弥の胸に行き着く。

色も形状も控えめな乳首を吸われると、肌が一気に粟立った。背中が勝手に浮いてしまい、浴衣との間にできた空洞に、雨柳の手が滑り込んでくる。

「はっ、ぁ、ゃ……ぁっ！」

女のように膨らんでいるわけではない――男にとって無価値であるはずの自分の乳首が、男の口でこんなふうに吸われる日がくるとは、夢にも思っていなかった。愛撫を受けながら体を掬い上げるように背中の中心を押さえられ、胴体をしっかりと固定されてしまう。

必然的に突き出す形になった胸に、雨柳は顔を深く埋めていた。

「ひっ、ぁ、ぁ……っ！」

乳首を大きく食むような唇と、熱い口内で蠢く舌……それらは桐弥の体に確かな快楽を与え、意識を混乱させた。硬くなって、つんと勃起する乳首を尖らせた舌で弾かれる度に、理性の塊も弾き出されそうになる。

「はっ、ぁ……もっ、許し、て……っ」

桐弥を翻弄させるのは、乳首への愛撫ばかりではなかった。

下着の中で、認めたくないような兆しがあった。

雨柳の指で摘《つま》まれる陰茎はじわじわと硬くなって、湿り気を帯びていく。

その反応を楽しむように軽やかなストロークを繰り返し、先端を爪の先で玩弄する彼の手を、憎みたくても憎めなかった。未知の快感を勝手に追い求めてしまう本能が頭を擡《もた》げ、勃《た》ち上がって彼の掌を打つ。まるでそこだけが自分の意思に反して、もっともっと……と浅ましくねだっているようだった。

「いやあああぁぁっ！　嫌ぁぁぁっ!!」

お願いです、やめてください——と声にしたくても出せない。

それでも諦め切れず、ただの悲鳴に変わった声の勢いを受けて、両手を大きく動かすことができた。脚は体で押さえ込まれていても、手は自由なのだと改めて気づく。このまま身を任せることなど考えられず、両手を使って思い切り雨柳の肩を押せば、逃げ出す隙が生まれる気がした。

「うるさいっ！　静かにしろ！」

突き飛ばそうとした刹那、まるで事前に察知したかのように怒鳴りつけられた。

雨柳はそのまま伸び上がるように襲ってきて、乳首をさんざん吸っていた口で、今度は唇を貪る。

「うっ……ぅ——っ」

酒の味のするキスに、桐弥は強引に酔わされた。

雨柳と兄弟盃を交わした時に初めて口にした味が、悲しく帰って来る。

それでも反応し、彼の手の中で善がる肉茎が虚しかった。悔しくて堪らなかった。

「はっ、ふ……っ、ぅ、ぐ……っ」

唇の形が崩れるほど唇を押しつけられ、息苦しくなるほど舌を絡められる。

体を浮かすように抱き寄せられながら、先走る愛液が齎《もたら》す、恥ずかしい音を聞いた。

「ウッ!!」

こんなはずじゃなかったと、涙を走らせた瞬間だった。

無我夢中で抵抗した桐弥は、何かを思い切り噛んでいた。

それが何であったのか考え至る前に、雨柳の体が勢いよく離れる。

口元を覆った彼の指の間が、薄黒く埋まっていくのが見て取れた。零れるほどではなく、指の間を埋めたに過ぎない量だった。けれど紛れもない流血が、そこにある。

「……ぁ、あ……ごめん、なさ……っ、ぃ……」

思い起こせば、弾力のある物を強《した》かに噛んでいた。

それは唇に違いなく、自分は初めて誰かの肉体を――それも、今誰よりも守りたい人の唇を、血が出るほど傷つけてしまったのだと、痛烈に感じ取った。

「――お前の覚悟は、こんな物か」

膝を上げた雨柳は、言うなり唾を吐く。

桐弥の腹部に、血混じりの唾液が流れていった。

「……僕は……胴師として、貴方と……二人三脚で、やっていけたらと……」

解放され、助かったらしい安堵感よりも、この先の不安の方が大きかった。

雨柳は畳に足を下ろして、脱ぎ散らかしていた喪服の上着を手にする。そのポケットの中では車のキーが音を立てており、帰ろうとしているのは火を見るより明らかだった。

「雨柳さんっ、どこへっ」

「お前のいない所へ――」

ほぼ全裸の桐弥を見下ろした雨柳は、湿った上着に袖を通しはしない。ただ、軋むほど強い力で摑んでいた。

「俺が極道になったのは、御大に御恩を返すためだけだ。他に理由はなく、御大が亡くなられた以上ここにいる意味もない」

「！」

部屋は薄暗く、雨柳の表情はほとんど見えなかった。さながら動く口元だけは辛うじて見て取れて、無理やり凍らせて抑えたような、危うい憂憤が伝わってきた。

「御大が亡くなられた時点で、俺の極道人生は終わった。鳳城の代紋が若頭の物になろうと広域の物になろうと、俺には無関係な話だ」

「雨柳さんっ！」

「どうにでもなればいい——組にもお前にも、興味が失せた」

部分的に光る雨柳の唇は、滲み出す血で濡れていた。

「雨柳……さん……」

それを目にした桐弥の脳裏に、二年前の出来事が浮かび上がる。

父親が病に倒れたあの日、不注意で針を刺してしまった指を彼に舐められ——その寸前には、女だったら結婚していたとまで言われていた。

「雨柳……さん、待って……待ってください！」

背中を向けて歩き出す彼の背に向かって、桐弥は必死で手を伸ばす。

唇と共に、彼の心を、彼のプライドを、どれだけ傷つけてしまったのかを思い知った。

「待ってっ、待ってください！」

浴衣を急いで着直して、帯は摑むだけ摑んで立ち上がる。

後を追おうと焦れば焦るほど足がもつれ、痣《あざ》の残る腿が痛んで歩けなかった。

「待って！　雨柳さんっ‼」

目の前で襖が開けられ、白いシャツの背中が闇に呑まれていく。

「待って！」「待ってくださいっ！」と何度繰り返しても、願いは叶わなかった。まるで拒絶を拒絶で返すかのように、襖は無情に閉められる。

桐弥は畳の上で転倒し、噎《む》せ返るような蘭草の匂いに絶望を覚えた。

もう間に合わない、取り返しがつかないと思うと、次から次へと涙が溢れて、目の前にそびえる襖の模様が滲んでいく。

「雨柳さん……っ、行かないで……戻って来てっ！　雨柳さんっ!!」

悪い予感がして堪らなかった。

それを引き寄せてしまったのは、他の誰でもない自分自身だった。

桐弥は慟哭して悔やみながら、時間よ戻って——と、全身全霊を込めて祈る。

五分前に戻って彼の背に手を回し、あの唇を、優しく受け止めたかった。

「っ、ぁぁっ……！」

6

六月末、雨柳が姿を暗まして二週間が経っていた。

後悔してもしきれないほど悔やんだ桐弥は、毎晩のようにあの時の夢を見た。

それは思い描いた通りにやり直す夢であったり、現実を繰り返しただけの夢であったり、さらなる悪夢へと発展した夢であったり、形を変えて桐弥を苛む。中でも最悪なのは、雨柳が何者かに殺害される夢だった。

「霊代、破門状の貼り出しが終わりました。それとＦＡＸですが、重要度の高い物を上にしてあります。不要な物はリサイクルボックスに入れてください」

朝から組本部一階にある事務所に詰めていた桐弥は、若い幹部から書類を受け取った。

ここは磨硝子《すりガラス》で仕切られた一画になっており、雨柳が普段使っている仕事場である。

サーバーやモニター、大型金庫が所狭しと並べられ、その片隅にリサイクル用の白い段ボール箱が置かれていた。環境のためでも何でもなく、ただ単純に情報を確実に秘匿して処分するための箱である。鳳城組では、犯罪に繋がるような物は裏庭の焼却炉で焼却し、そうではない書類はこのリサイクルボックスに入れて専門業者に出していた。

（溶解処分……）


専用段ボール箱に印刷されている文字に、桐弥は身の細るような思いをする。

イタリアマフィアが過去に行ったことのある硫酸プールでの死体処分事件を思い出し、そのイメージを雨柳の姿と重ねた。彼が今現在生きているのかどうかまったくわからず、日本ではよくある山中や海中への死体遺棄など、恐ろしい想像は際限なく繰り返される。

「霊代、顔色が悪いですよ。ちゃんと寝てますか？　兄貴のことは自分らが必ず捜し出しますから、あまり心配しないでください」

桐弥が「ありがとう」と一言だけ返すと、若い幹部は苦笑しながら去っていった。

すると入れ替わるように水無月が入ってきて、手にしていたトレイをデスクの端に置く。

その上には桐弥が昼食の代わりに頼んだミルクティーの他に、洋菓子が数個載っていた。

「お待たせしてすみません。厨房に行ったら甘い物があったんで持ってきました。昼食が無理ならせめてこれだけでも。カロリー高くて、糖分も取れてええかと思います」

磨硝子に取りつけられた扉が閉まり、桐弥は水無月と二人きりになる。

その途端に深く溜息をついて、皿の上に並べられたチョコレートを一つ摘んだ。

この二週間は食事を積極的に取ることができなかったため、体重が随分と落ちていた。

こうして高カロリーな物や栄養ドリンクを勧められるまま口にするばかりで、自分の体のことなど考えている余裕はなかったのである。

雨柳の失踪は、彼の舎弟に当たる極一部の幹部と、あの夜に雨柳を送った水無月以外は誰も知らない。組に何の連絡もなしに姿を消すなど許されることではなく、雨柳の失踪が自主的なものであるならば、破門に相当する行為だった。

そのため、桐弥は他の組員に悟られないよう「昨夜遅くに姿を見せた」「今は四十九日に行われる幹部会の準備で忙しい」「今日は体調が優れないらしい」と、様々な理由をつけて雨柳の失踪を隠してきた。幸いにして遠方に住む猪熊や萩宮の出入りはなく、今のところ表立って大きな問題は起きていない。

「雨柳さん、ちゃんと食べてるかな」

「霊代……」

水無月は椅子に座る桐弥の前に立ち尽くし、苦しげに眉を寄せる。

彼がこんな顔をする理由を、桐弥はよくわかっていた。

二週間前の初七日の夜、水無月は夜間の玄関番を務めていたのである。

そこに、酒が入っているにもかかわらず独りで帰ろうとしていた雨柳が現れ、水無月は車を運転してマンションまで送った。ところがその数時間後に雨柳が忽然と姿を暗ましたため、水無月はどうにかできなかったのかと思い悩んでいた。

「水無月、そんな顔をしないで。凄く機嫌の悪かった雨柳さんから車のキーを預かって、運転を代わることだけでも大変だったこと、ちゃんとわかってるよ。そうしてくれなかったら、飲酒運転で事故を起こしていたかもしれない」

「――雷雨を理由に、帰宅そのものを止められなかったものかと、後悔してます」

「それは無理な話だよ。怒らせたのは僕なんだから、君が責任を感じる必要はまったくないんだ。送っていってくれたこと、本当に感謝してる」

唇を噛み締めて堪える水無月を見上げ、桐弥は少しだけ笑ってみせる。けれど水無月に対してできることはこのくらいが精々だった。自分がしっかりしなければ彼を責めることになってしまうのだと、改めて思いながらも増大する不安は抑え切れない。

「雨柳さん……連絡、したくてもできないような状況だったりしなければいいけど」

「色々と情報は入ってきてます。補佐のことですから匿ってくれる人も多いかと思いますし、ホテルに長期滞在とかも考えられます。どうかあまり心配し過ぎないでください」

「情報っていっても、どれも人違いだったし……雨柳さんが今どこかでちゃんと生存しているっていう証拠は何もないんだよ」

桐弥は自分の言葉に胃痛を覚え、二つ目のチョコレートを口にすることができなくなる。飲みたいと思っていた温かいミルクティーも、見るだけで胃がむかついた。

「悪い方向にばかり考えたらいけません。補佐はそう簡単に死ぬような御人やないです。補佐の失踪を知ってる幹部の御人らも、頑として無事を信じてます」

「うん……悪い想像ばかりしているのは僕だけだって、わかってるよ。自分はわりと勘のいい方だと思ってたのに、雨柳さんのことは何もわからなくて怖いんだ。悪夢ばかり見るけど、それが悪い予感の一つなのか、現実に起きた時に心が壊れないようにするためのシミュレーションなのか、判断できなくて」

桐弥は落ちるところまで落ちた自分の精神状態に苦しみ、胃を押さえて前屈みになる。心配してあれこれと声をかけながら背中をさすってくれる水無月の肩に、頭痛で重たくなる頭をそっと乗せた。

「霊代……頭が痛むんですか？　すぐに薬をお持ちします。それとも医者を……」

「大丈夫……もう少し、このままで……」

桐弥は瞼をしっかりと閉じて、シャツ越しに水無月の体温を感じ取る。背中をさする手は止まることなく、緊張を感じさせる手つきで上下に何度も動いた。

「雨柳さんの仕事を、一部だけだけど代わりにやってみて驚いたよ。あの人は本当に働き者だったんだね。天才だとか、何でも器用にこなす人だとか思っていたけど、睡眠時間、凄く少なかったんじゃないかな」

桐弥は水無月に寄りかかったまま、次第に鎮静化していく痛みから気をそらす。鼓動も穏やかなものになり、あと少しこうして彼と痛みを分かち合えば、顔を上げて再び仕事ができる気がしていた。

「はい、ほんまに大変やったと思います。早朝から出てこられて、遅い時は夜中の二時三時までいてはりました。土曜も日曜もなかったと思います。寝に帰る時間を惜しんで、そこで仮眠を取られてたこともありました」

桐弥はまだ重く感じる頭を上げて、部屋の中央にあるソファーに目を向ける。

長身の雨柳が眠るには小さ過ぎるソファーの上に、折り畳まれたブランケットが置いたままになっていた。

「この二週間が、休暇になっているならいいけど」

水無月の肩から完全に身を引いた桐弥は、雨柳が過ごしてきた空間を見やる。

彼が姿を消したあの日から、磨硝子で囲まれたこの一画に詰めて、彼の仕事をできるだけ肩代わりしてきた。株取引には手のつけようがなかったが、全国の組織から毎日のように届く破門状に目を通したり、みかじめ料の徴収報告を確認したりと、事務所内で行う仕事は多かった。そういった通常業務の他に、四十九日の法要や幹部会の準備もある。

さらには、シマの中に新たにできるビルや入れ替わった店舗の情報など、こんな時でも日夜動き続ける情報に耳を傾け、資料に目を通さなければならない。その上で、手を出してみかじめ料を徴収すべき相手か否かを決め、構成員を動かす時を計るのである。

みかじめ料など鳳城組にとっては些細なシノギだったが、極道である以上、民間との間に用心棒としての絆を作る必要があった。暴力団が存在意義を誇示する上で、介入するかどうかは重要な判断となる。鳳城組ではこういった細かな採択をすべて雨柳が行っており、生前の組長には最終決断を仰ぐのみという流れになっていた。

「実際に人を向かわせるかどうかなんて、僕にはとても決められない。幹部に意見を訊いてみたけど人によって考えがバラバラだし、雨柳さんのように確固たる自信を以て短時間で決定して、なおかつ責任を負える人なんて誰もいないって……よくわかった」

「はい、補佐は責任感の強い御人です。せやから、組を捨てたりするはずありません」

「うん……僕だってそう信じてる。だからこそ、帰りたくても帰れない状況じゃないかと不安になるんだ。とにかく、本当に……無事でいて欲しい」

桐弥は凍える心の求めに従い、ミルクティーの入ったカップを両手で包む。すでに温《ぬる》くなっているそこから、甘い香りが漂っていた。

「もう、十分だから……」

「──霊代?」

「ううん、なんでもない」

雨柳の狙いが自分に対する抗議であるならば、「貴方の価値はもう十分わかりましたから、帰ってきてください」と伝えたかった。彼がいなければ鳳城組はまとまらず、心ある直参組員でさえ方向を見失いかねないことが、身を以て感じられた。二週間という時間は隠し通せる限界で、これ以上不在が長引けば誤魔化すのは困難だった。

「極秘に捜させてるからなかなか見つからないだけだよね。きっとどこかに無事で……」

不安で吐き気すら覚えた桐弥が、カップを置いて再び胃を押さえた時だった。

磨硝子の向こうで、誰かが突然大きな声を出した。

電話の呼び出し音は頻繁に鳴るため耳に残らなかったが、その一つに出たらしい幹部の声は、大きく弾んでいる。「よくやった！」「御苦労だったな！」と、聞こえてくる言葉の内容も明るい物だった。

「桐弥さんっ」

思わず名前で呼んだ水無月の顔を見て、桐弥は顔を綻ばせる。

彼の表情に釣られる形で、これが自分だけの幻聴ではなく、期待を膨らませてもいいのだと確信できた。


雨柳が銀座の高級クラブに毎夜現れるという情報に、桐弥はまずは大変喜んだ。事務所内にいる事情を知らない組員達に勘づかれてしまうのではと、慌てるほど思い切り喜んで、今にも飛び上がらんばかりだった。

何しろ問題のクラブのオーナーは雨柳の大学時代の学友で、クラブやホテルをいくつも持つ名の知れた青年実業家である。しかも連夜目撃したという人物が同時に二人も現れ、いずれも雨柳の顔をよく知っている極道絡みの人間だった。これまでの情報と比べて格段に信憑性《しんぴょうせい》が高く、桐弥には、雨柳があえて身を晒し始めた気がしてならなかった。

「霊代、御着物はこれでいいですか？　外を歩くならもう少し地味にしますか？」

アンティークの家具が配された桐弥の部屋で、水無月はクローゼットから着物を出していた。フットワークはいつも以上に軽く、いそいそとして実に嬉しそうだった。

一度は桐弥の元を離れ組長の側近となった水無月だったが、組長の死後、初七日を境に組長代理である霊代の側近となっていた。事実上、桐弥の元に戻って何かと世話を焼いているのである。こうして着物を用意するのも彼の仕事で、今は蝶柄の女物の訪問着を数点、ベッドの上に広げて目を輝かせていた。

「濃い紫のでいいよ」

水無月とは正反対に、桐弥はすでに喜びを抑えていた。

雨柳が生きていたこと、健康状態に問題がないこと、事件に巻き込まれていないこと、そのすべてが嬉しくて堪らず泣き出しそうな思いを、理性で引っ張り出した怒りで覆う。無論怒りそのものに嘘偽りはなく、喜びで占められた心をじわじわと侵食しているのは確かだった。

「桐弥さん、銀座が広域のシマとはいえ、そんなに気にしなくてもええと思います。これまでまともに目撃されなかったたんは補佐が街中を堂々と歩かなかった証拠やし、御身内の店で飲んでるくらいなら心配ないかと」

「雨柳さんは普通の立場じゃない。顔をよく知られた若頭補佐で、跡目候補だってことは外部でも噂になってるんだよ。それなのに広域のシマの中枢で飲んでるなんてっ」

桐弥は着物に合わせた帯を選びながら、怒りを吐き出すようにして声を荒らげた。

一本どっこの中規模な極道一家としては、広域組織の不興を買わずに、媚びない立場を保つことが必須だった。シマに幹部が出入りして睨まれるようなことは当然避けねばならず、それは雨柳を迎えにいく桐弥にしても同じことだった。霊代として立った以上、鳳城桐弥として銀座に踏み込むわけにはいかないのである。

もう二度としたくはないと思っていた女装を自ら選んだのは、妻であれば、夫を迎えにいくのに理由も場所も問う必要がないからだった。どうあっても自分がいかなければならないことを、桐弥は重々承知している。

「――無事なのはよかったけど、場所が悪すぎる」

きつい口調で不平を口にしてみたところで、感情は思い通りにはならなかった。

水無月の手前、霊代として怒りを演出しようとしても、押し寄せる波のようにやってくる安堵と喜びに胸を打たれる。紫の着物に描かれた蝶を見ていると、これから妻として雨柳を迎えにいくのだと、現実的に感じられた。

『夫婦ごっこを、本物にしてもらおうか』

あの夜の雨柳の言葉を、忘れた日は一日もなかった。

彼を迎えにいくということはそういうことなのだとわかっている。最早逃げる気はなく、覚悟を決めるには十分過ぎたこの二週間の間に、心は決まっていた。

「霊代?」

着物と帯を手に立ち尽くしていると、後ろから声をかけられた。

じっくりと帯を選んでいるように見えたかも知れない自分の後ろ姿を想い描きながら、桐弥はそっと顧みる。

「これを着たら、もう一時的では済まされない」

仮初の妻ではなくなる——と、桐弥は心の中で続ける。

水無月は不思議そうな顔をしていたが、意味を訊き返すことはなく、桐弥が発する次の言葉を神妙な顔で待っていた。

その背後にある窓からは午後の光が射し込んでおり、色を抜いてある水無月の髪をキラキラと照らしている。

「まだ、出かけるには早いね」

「あ、そうやっ、つい気が急《せ》いてうっかりしてました。夜の店に行くんやし、何も今から着替えることはないんですね」

「でも、出かけたい気分だな。夜までの間、カタギとして——少しだけ」

「カタギとして、ですか？」

「うん、あと数時間だけだからね」

気が急いていたのは桐弥も同じだった。

雨柳に逢えることが明らかになった途端に、捨て去ったはずの未練が蘇る。

残り時間を利用して最後に一度だけ、カタギに戻ってみたかった。


事情を知る幹部らに対し、「クラブが開店する前に、学校に書類を提出してくる」と言い残して家を出てきた桐弥は、制服姿で駅前の大型ショッピングモールを訪れていた。

運転手として同行した水無月は落ち着かない様子で、ボディーガードが自分一人でよいものかと心配し、桐弥に近づく人間すべてに鋭い視線を走らせる。

「水無月、そんなに緊張しないで。カタギとしての最後の時間なんだから」

「霊代……」

「その呼び方をやめて僕を普通の高校生として扱って欲しいって、お願いしたよね？」

「は、はい」

桐弥はショッピングモールの上階にある映画館のフロアまでエスカレーターで上がり、

人の流れに沿ってチケット売り場に並んだ。当然前に並んでいる見ず知らずの他人と体が近づく形になったが、一般人の誰もがそうであるように、気にせず財布を取り出す。

「桐弥さん、ほんまに映画、観るんですか？」

「うん、何でもいいから自分でチケットを買って観てみたいんだ。子供の頃にお母さんと一度だけ来たことがあるんだけど、それが最後でね。こうして映画館デートとかするの、凄く憧れてたんだよ」

「デート、ですか」

「そう。昔は普通に可愛い女の子とか、学校の友達と来るものだと思ってたけどね。並んで映画を観て、そのあと一緒に感想を言い合いながらお茶を飲むんだ。そういうのがどれくらい当たり前なのかわからないけど、ずっとやってみたくって。悪いけど少しだけつき合ってくれる？」

桐弥が笑うと、水無月は「もちろんですっ」と声を弾ませ少年のようにはにかむ。慌ただしく財布を出してパネルを見上げ、「どの映画にしますか？」と指を差した。

「すぐ観られるのがいいね。あ、お財布はしまって。僕が出すよ」

「いえ、そういうわけにはいきません」

「でも僕が誘ったんだし」

桐弥は頭上のポスターや、電光掲示板に表示されている上映時間とタイトルを気にしながら、財布を持つ水無月の腕に触れる。けれど彼は財布を引っ込めることなく、千円札を二枚だけ出した。

「そんならデートっぽく、ワリカンにしましょう」

「ワリカン？　それがデートのルール？」

「いや、ちょっと微妙ですね。四つも年の差があったら、普通は自分の奢りです」

桐弥は水無月とこんな話をしていることさえ嬉しくて、「ワリカンでいいね」と言うなり破顔する。これまでは世間知らずな自分を恥じていたが、今はただ純粋に、未知の楽しみがたくさん残されていることを喜べた。


八種類の映画から一本を選んだ二人は、観終わるとすぐにシアター前のカフェテリアで感想を語り合った。シアターに持ち込まなかったことを後悔したポップコーンをいまさら食べて、冷たいウーロン茶をストローで吸い上げる。

同じ時刻に始まる映画は二つあり、一つは拳銃を手にした名優のポスターが勇ましいスパイ映画、もう一つは大人も子供も楽しめるテーマのハリウッドアニメだった。

桐弥が迷わずアニメの方を選択した理由を水無月はわかっているはずだったが、それについては何も言わなかった。事件の話も跡目の問題も、二人の間にいつしかできあがった暗黙の了解で一切出さずに、尽きない会話を楽しむ。

桐弥は最先端のＣＧに圧倒されたという一般的な感動はもちろん、画面の大きさや音の迫力など、映画館そのものへの驚きと興奮を惜しみなく口にした。

「ねえ水無月、あれは何？　あそこの、カーテンがついてる箱」

「ああ、あれはプリクラやと思います。あるとこにはまだあるんですね」

「プリクラって、シールの写真が撮れる機械のこと？　小学校の時に流行ってた気がする。あんな大きな機械なんだ？」

「そうだ、記念に撮りましょうっ」

水無月は氷の入ったカップをガシャッと鳴らすと、勢いよく立ち上がる。

桐弥にとっては願ってもない話で、二人で足早にゲームコーナーに向かった。

誰もがちらりと視線を向けるような、長身で二枚目な水無月と共に小さな個室に入り、ハートや花の散るフレームの中で笑う。

最初はあえて険しい顔で決めていた水無月は、「まんま暴走族や」と言うなり妙に崩した顔をしてみせて、今度は「あかん、普通すぎやっ」と、撮り直しボタンを連打した。

大小様々なシールを備えつけの鋏で切り分け、それでもなお残っている時間でレーシングゲームをする。体を左右に揺さぶり汗を掻くほど白熱した対戦をした後で、クレーンゲーム機で先程の映画のキャラクターのぬいぐるみを狙ったり、再びお茶を飲んだりと、一生分ではないかと思うほど笑い、喉が嗄れそうなほど喋った。

夢中になりすぎた会話の中で水無月は時折敬語を忘れ、桐弥はその度に胸が高鳴るのを感じる。身を乗り出すようにして快活に笑うこの人が好きだと——何度も何度も感じて、極道でありながらも彼ならば、自分をカタギでいさせてくれると思えた。

日が暮れかかる頃、桐弥は真正面の席に座る水無月に向かって、「今日は本当にありがとう」と真剣な面持ちで言った。楽しい一時は倍速で過ぎてしまい、家に帰って女物の着物に着替え、銀座に向かわねばならない時間が迫っていた。

「憧れていたことが色々できて、なんだか夢でも見てるみたいだった。物凄く楽しかったし、一生、絶対に忘れないと思う」

「桐弥さん……もう、時間なんですね」

「うん」

「時が止まればいいって、思いました」

桐弥は非常に残念そうな顔をする水無月を見つめながら、大きな喜びを得る。彼が寄せてくれる好意も言葉もありがたく、心から嬉しく思った。されどそこには埋めようのない溝があり、つり合いが取れていないことが明らかになる。

（これでやっと、自分の本性を受け入れられる）

カタギとして得た喜びの裏で、桐弥は己の体に流れる博徒の血を感じていた。

どれだけ笑っても楽しんでも――どれほど興奮しても感動しても、命懸けの賭場で得られる緊張と鼓動の高鳴りに、敵うものは何もないことを思い知る。以前猪熊に言った通り、賭場こそが自分を生かせる場であり、思っていた以上にあの空気を愛していた。

「僕は君のことが、ずっと好きだったんだ」

桐弥は自分と共鳴し合う相手が誰であるのか、よくよくわかった上で口にした。

淡い恋心との決別を覚悟しているのが伝わったようで、水無月は少しも嬉しそうな顔をしなかった。

「自分もです」

チケット売り場やゲームコーナーから程近く、それなりに雑音もあるカフェテリアで、彼の声はよく通った。包み隠すことなくその心を描き出し、桐弥の胸を真っ直ぐに突く。さながら桐弥の覚悟は微塵も揺れず、ただ感謝の念ばかりが募っていった。

「今夜、僕は雨柳さんの物になる」

「！」

「望まれたことを、最初は好ましくは思えなかったけど、今は……少し違う」

桐弥の言葉に目を剝いたまま、水無月は無言で固まる。

その背後を親子連れが通り、時間は確かに動いていたが、水無月はいつまでもそのままだった。独りだけ静止画のように動かず、顔色だけを変えていく。

いったいどれだけの時間を要したのか、実際には十数秒だったのか、それとも分単位の時間が経っていたのか桐弥にもわからない。二人して騒がしい複合型映画館から飛び出して、テーブルと椅子と共にどこか別の次元で見つめ合っているかのようだった。

「今、この機を利用して……貴方をさらってどこかに逃げることも、代紋を背負う御方に背くこともできない自分は、不実でしょうか」

唇も頬も、肩までも震わせながら言った水無月に対し、桐弥は首を横に振ってみせる。

「そんな君だから、安心して好きになれたのかもしれない。不実なのは僕の方だよ」

手と手を取って何もかも投げ出し、燃え狂えるような恋ではなかったのだと——互いの目を通じて想いを辿る。憧れは各々の向上のために存在するのであって、決して身を持ち崩す要因にはならなかった。

関東最大の広域組織が暗躍する銀座——その七丁目にある高級クラブに向かった桐弥は、共にやってきた雨柳の舎弟三名を車に残し、単身店に乗り込んだ。風営法に基づく店舗はほぼ例外なく何らかの形で暴力団組織が絡んでおり、他の組織の人間は出入りを避けなければならない。

葬儀にて喪主という形で極道界に顔を出している桐弥は、万が一広域の人間と鉢合わせてしまった場合に備え、雨柳道風の妻蝶子として彼を迎えにいった。

「こちらのＶＩＰスペースになります」

オーナーである雨柳の学友はおらず、代わりに対応したのは壮年の支配人だった。

雨柳がいるかと訊いたところでしらばくれるばかりの彼だったが、桐弥が「雨柳の妻です」と名乗った途端に態度を変えた。無論身分を確認するようなことはない。極道の女でなければ着られないような着物の着方をしている桐弥を改めて見て、何故すぐに気づかなかったのかと、むしろ反省すらしている様子だった。

「どうぞお進みください。雨柳様は一番奥の部屋にいらっしゃいます」

土地の高い銀座に於いて、ビルの貸店舗ではなく駐車場つきの独立店舗を構えているだけあって、店内は高級感と品性に満ちていた。カウンター席は極わずかで、テーブル席は二階と一階に分かれており、まだ早い時間にもかかわらず半分以上埋まっている。十分なスペースがあるためざわめきはほとんど聞こえず、ピアノの音が吹き抜けに響いていた。

ホールの手前から店内を一望した桐弥は、贅沢に飾られた生花のアレンジメントを横目に見て、案内されるままドレープの奥へと進んでいった。

他の客からは見えないＶＩＰスペースには、アーチ形の入り口が五つある。扉の代わりに天鵞絨《ビロード》の厚いカーテンが取りつけられており、近づくと若い女の声が聞こえてきた。

「——……」

女は少なくとも二人はいるようだったが、何を言っているのかまでは聞き取れない。

それでも女達が声を弾ませ楽しそうに話しているのは確かで、銀座のホステスというイメージからは大きくかけ離れた印象を受けた。そうかと思うと、しっとりとした品の良い声が割り込み、カーテンの向こうに最低三人の女がいることがわかる。

「！」

部屋に入るタイミングを計っていた桐弥は、突如聞き取れた単語に息を呑んだ。

どの女かわからなかったが、誰かが確かに「背中の緋牡丹」と口にしていた。

「お入りにならないんですか？」

数歩後ろに控えていた支配人に声をかけられ、桐弥は怒りを隠せずに「入りますっ」と言うなりカーテンを摑んだ。一瞬女装していることを忘れていたが、取り繕う気にはなれなかった。バサッ！　とカーテンを開けると、若いホステスが「きゃっ」と声を上げる。

テーブルを囲んだU字形のソファーの最奥に雨柳がいて、三人ではなく四人のホステスを左右に侍らせていた。巻き髪の若い女が二人と、和服の女が一人、最後の女は肉感的で妖艶な美女で、雨柳にもっとも近い位置にいた。

桐弥は正面に座っている雨柳を睨み据え、「雨柳さん」と言いたいのを堪えていた。

彼は彼で「桐弥」と言おうとして開いた口を一文字に結ぶ。

怒りと驚きが混じり合う互いの感情を抑えて、すぐに「あなた」「蝶子」と呼び合う仲を演じることはできなかった。

「だ、誰？　奥さん？」

沈黙を交わす二人の間で、妖艶なホステスが言った。

桐弥の着物や、通常は和服に合わせない大きなダイヤモンドのネックレス、あまりにも豪華な簪を見れば、カタギの人間ではないことは一目瞭然である。支配人よりも早くそれに気づいた彼女は、答えが出る前に雨柳から離れた。

「主人がお世話になりました。席を空けていただけますか？」

桐弥が平坦な調子で言うと、四人の女は慌てた様子で一斉に席を立つ。若い女も含めてやはり銀座のホステスであり、あれこれと見苦しく騒ぎ立てることはなかった。

女達は桐弥の横を抜け、支配人の指示を受けながらそそくさと去っていく。

残った雨柳は手にしていたグラスに唇を寄せて、桐弥を射抜いたまま一口飲んだ。

背後でカーテンが閉まり、空間は完全に二人だけの物になる。

「雨柳さん……」

複雑な感情が渦巻いて、桐弥は呟くなり奥歯を噛み締めた。

女の一人が緋牡丹のことを口にしていた以上、雨柳はあの四人の誰かか、もしくは全員に緋牡丹の刺青を見せたのだろうと思われた。

その事実が堪らなく腹立たしいのは確かだったが、広域のシマで極道である証を露呈していることへの怒りなのか、命の心配をしていた自分を余所に女遊びをしていたことへの怒りなのか、それとも単純な嫉妬なのか、考えても考えても一つには絞れなかった。

「どれだけっ、心配したと……思ってるんですか」

それは間違いのない事実で、桐弥は安堵を孕んだ怒りを込めて雨柳にぶつけた。自然と拳に力が入り、肘に至るまでわなわなと震え出してしまう。

「そんな恰好で御苦労なことだな」

雨柳は立ち上がる気はないとばかりに背凭れに体を預け、呆れ顔で笑う。

大層憎々しい顔ではあるものの、発せられた声は紛れもなく雨柳の物だった。脳に直接届くような響きを持ち、桐弥の心の奥まで沁み渡る。二週間もの間、ずっと待ち侘びて、どうかもう一度と願い続けた声だった。

「雨柳さん、帰りましょう」

彼が動き、こうして喋っているというだけでもう何もかもどうでもよくなって、桐弥は涙を呑む。すでに胸の中は感激の涙で満ちており、それが目元まで込み上げるのを必死で堪えていた。

「どこに帰るんだ?」

ウイスキーグラスを傾けながら問う雨柳に向かって、桐弥は一歩二歩と近づいていく。

テーブルの横を抜けてU字形のソファーの奥まで行き、言葉だけでは連れ出すことができそうにない彼の腕に触れた。座りはせずに、ぐいぐいと引く。

「組本部でも、貴方のマンションでも構いません。とにかく帰りましょう」

ソファーの上に無造作に投げ出されていた雨柳の腕は、当たり前に体温があった。姿を目にするよりも声を聞くよりも現実的に、彼が無事に生きていることを実感できる。

シャツ越しにもっと体温を感じたくて、桐弥は両手を使ってしっかと摑んだ。

「手を放せ。俺はもうお前とは無関係な人間だ」

「放しませんっ、僕だけじゃなく多くの組員が貴方を待っています。皆貴方のことを心配して、無事を信じて捜しながらっ、ずっと待っていたんです」

「無駄な労力を使わせて悪かったと、謝ればいいのか？」

「雨柳さんっ」

「そうだな、きちんと脱退表明をしなかったのは悪かった。明日にでも顔を出して、その旨はっきりさせるとしよう」

雨柳は冷淡な唇で言うなり、肘を揺さぶる。絡みつく手を忌々しげに振りほどこうとしていたが、桐弥はそう簡単には放さなかった。引き摺られる形で、すぐ隣に座る。

「脱退してどうするって言うんですかっ」

「カタギになる。いや、今すでにそのつもりだ」

「だから広域のシマで平然と飲んでるんですかっ⁉　さっきの女の人、緋牡丹がどうとか言ってましたよね？　どこでどう広域と繋がりがあるかわからない女性に、刺青を見せたんですかっ？」

「まるで嫉妬に狂った女のような台詞だな」

大きく揺れる肘に合わせて自分も揺さぶられながら、桐弥は負けじとしがみつく。

彼の態度が悪く頑なであるため、再会できた喜びを一旦後方に下がらせて、声が嗄れるほど叱咤したい思いを引っ張り出した。

「ふざけないでくださいっ！　貴方の立場で広域のシマに立ち入るだけでもとんでもない話なんですよっ、こんなことが若頭側に知られたらどうなると思ってるんですかっ」

「お前は人の話を聞いてるのか？　カタギになった俺には、若頭もシマも関係ない。全国どこにいようと、どんな女を抱こうと俺の自由だ。こんな物は、飾りでしかない」

雨柳はグラスを置いた手で、自分の肩を軽く突く。

上着を脱ぐ季節には白いシャツを着ていられないほど鮮やかな緋牡丹が、黒いシャツの向こうにあることを想って――桐弥はギリッと歯を食い縛った。

「――……雨柳さん、それは、お父さんに捧げた物でしたよね」

「！」

彼の真似をするように冷静に、胸をぐさりと刺すが如く問い質した桐弥の言葉に、雨柳は一瞬目を剝いた。そこに訴えるつもりはなかった桐弥だったが、彼を絶対に連れ帰ろうと思うと、自然に口が動いていた。

「貴方は昔、子供の僕に話してくれました。お父さんへの忠誠を誓うと決めた日から彫師の元に通って、お父さんが一番好きだった花を背中に入れたんですよね？　それをただの飾りだと言うなら、貴方の忠誠もまた飾りでしかなくなるんでしょうか」

「違うっ」

雨柳は即座に否定すると、まるで土台を崩されたかのような動揺を見せる。

ウイスキーのボトルを荒々しい手つきで摑むなり、空のグラスに一気に注いだ。

瓶の口がクリスタルグラスの縁にぶつかり、カタカタと音を立てる。

「いまさら急げとは言いませんから、話してくれませんか？　貴方がそこまでお父さんを慕う理由……具体的には何も聞いていません。今はもう両親の死と向き合っても泣き崩れるようなことはありませんので、想い出話として、僕に聞かせてください」

桐弥は雨柳の腕から手を引くと、密着した状態から先程ホステスが座っていた辺りまで、静かに腰を滑らせた。

目の前には灰皿と煙草の箱、ホステスが忘れていったイニシャル入りのライター、水滴に濡れたアイスペールが置いてある。ホールのピアノ演奏も届いており、小さな空間は、酒と煙草と花の香りで満ちていた。

「お前に話したところで、どうなるわけでもない」

「それでも、聞かせて欲しいんです。僕は息子として弟子として、胴師としての顔はよく知っていますが、組長としての顔は正直あまり知らないんです。貴方を始めとして、他の組員が皆お父さんを慕っているのを見て、きっと凄いんだろうなって……間接的に尊敬していました。でも組長として実際にどんなことをしていたのか、詳しくは知りません」

雨柳はグラスから桐弥の顔へと視線を移し、目が合った途端にわずかに逸らす。直視したくないとばかりに貴石が光る簪に目を止めると、唇を重たく開いた。

「組長としての御大は、情に厚い方だった」

それだけ言って溜息をついた雨柳は、指先でこめかみを押さえる。鳳城桐昌のことを考えるだけで、悔恨という古傷が疼くようだった。

「俺の父親は、今はない鳳城系の組幹部で、俺が生まれた時には務めに出ていた。所内の喧嘩で犬死にするような愚かな男だったが、御大は俺や母親が困らないよう十分な援助をしてくださった」

桐弥は何か言おうとしたが、適切な言葉が浮かばずに黙って頷く。

一言一言絞り出すように語る雨柳を見つめながら、亡き父親の姿を脳裏に蘇らせた。

「土地を売り払ってでも組員とその家族を守る――御大はそういう御方だった。胴師としての気質が強く職人肌で不器用なところはあったが、少しでもシノギを上げようとして、鳳城の常盆に限らず全国の賭場を回っていらした。胴師のお前に言うまでもないことだが、いくら賭場を愛していようとそこには多大なストレスがつきまとう。肝臓をずっと患っておられたのはそのせいだ」

「はい……」

「恩を返そうと思い、高校を出るなり金門を潜った俺を、御大はすぐには受け入れなかった。俺の頭を買ってくれて、大学まで学費を出してくれた上に、癌で倒れた母親の治療費や葬儀費用まで負担して――しかも、カタギになってもいいと言ってくださった」

桐弥は雨柳の話に驚いて、思わず耳を疑う。鳳城桐昌が強制的に雨柳を跡目に指名した時のことが印象深く残っていたため、俄かには想像できなかった。

「その時は、ありがたいと思いながらも酷く淋しい気がしたものだ」

雨柳は桐弥の心を読んだように語ると、口端をいくらか緩めて苦笑する。そして先程とはまったく異なる手つきで、自分の肩に触れた。

「俺は極道になると宣言し、御大のお好きだった緋牡丹を背中に入れた。俺の母は姐さんと同じように俺の極道入りに猛反対していたが、その遺言すら無視できた。御大のお役に立ち、御恩を返し、いつの日か――お前が絶対に必要だと言っていただける存在に、なりたかった」

背中どころか肩にまで彫り込んだ緋牡丹を撫でながら、雨柳は遠くを見据える。

桐弥はその横顔を見つめ、二年前に病室で言い渡された跡目指名が、彼にとって如何に重宝な物であったかを改めて感じた。自分が思っていたよりも遥かに、雨柳の心は跡目としての覚悟を決めており、そこから逃げることなど万に一つもありえなかった。

「雨柳さん、帰りましょう」

涙を堪えて彼の手の甲に触れた桐弥は、真っ直ぐに自分の方を向いて欲しいと、切実に願う。きちんと向き合ってくれたなら自分の覚悟も伝わる気がして、どうか僕の目を見てくださいーーと強く念じた。

「ーー……」

念は通じ、視線は揺蕩《たゆた》うことなく繋がる。

間に流れる空気も音楽も静かなものだったが、見つめ合うだけで互いの体に流れる血が共鳴し合い、穏やかでは済まなかった。

「雨柳さんに対する自分の気持ちに、まだ名前はつけられません。でも、もし本当に僕が貴方を癒し、慰められる存在でいられるなら……いいなと、思っています」

運命を共にする相手は彼しかいないと、騒ぐ血が訴えていた。未練も戸惑いも、あえて捜してみたところでどこにも見つからない。

「ーー二度目はないぞ」

桐弥は頷くなり身を寄せて、彼の顔に触れる。

あの夜のことを、逃げるための最初で最後のチャンスだなどとは考えられず、すぐさま後悔したのが真実だった。やり直すことが許されるなら、涙が出るほど喜べた。

「桐弥」

彼の頬に触れている手に、顎の動きが伝わってくる。

名前を呼んでくれた唇を見ていると、当たり前のように吸い寄せられた。

「雨柳さん……」

桐弥は顔を斜めに向け、呼吸を止めて静かに迫る。

雨柳の手で帯ごと腰を抱かれながらも、激しいキスにはならなかった。

開幕の儀式の如き口づけは、短く終わる。

あの夜の血のように赤い口紅が、少しだけ移っていた。


雨柳と桐弥は駐車場で待っていた三人と共に銀座を後にし、鳳城組のシマへと戻る。

車に乗った時点では詳細な行き先が決まっていなかったが、「明日の朝には顔を出す」と雨柳が口にしたため、行き先は自然と彼のマンションに決まった。

まずは組本部に行くべきでは、と進言する者もなく、失踪の理由をあれこれと訊く者もいない。車内には「兄貴」「兄貴」と慕う声が響き、無事の再会を喜ぶ空気で満ちていた。

それは桐弥も同じことで、彼らの気持ちが手に取るようにわかる。

二週間くらいの休養は取ってもいいと——むしろ取るべきだったと思うほどこれまでの雨柳の生活は多忙を極めており、大きな問題にならなかった今となっては、本気で責める気にはなれなかった。

明日からは、来たる四十九日の法要と幹部会に向けて動き出すことが必定であるため、今夜のところはゆっくりと体を休め、気持ちを切り替えて欲しかった。

「霊代、本当にお泊まりになるんですか？」

「うん、水無月に伝えてあるから大丈夫だと思うけど、誰か心配していたらそう伝えて。雨柳さんを信用していないわけじゃないけど、自分で見張っていないと不安で眠れそうにないから、今夜はずっとついてます」

マンションの玄関先で雨柳の舎弟達と別れる際、桐弥は笑って言った。

彼らは桐弥の本当の目的など知る由もなく、納得した様子で去っていく。一人は本部に帰り、二人は見張りとして、同じ最上階にあるもう一室の玄関に向かった。

「——お風呂、お借りしてもいいですか？」

桐弥はオートロックの玄関扉に、さらに補助錠をかけてから振り返る。

こうする約束を雨柳と交わしたわけではなかったが、今夜このまま彼を残して帰ってはいけないことくらいは、十分にわかっていた。

「ゲストルームの先だ」

雨柳はそれだけ言うと、廊下の途中でゲストルームらしき扉をコンッと叩いて示し、リビングに足を向ける。

「お風呂、二つあるんですか？」

「ああ、好きに使え」

桐弥は彼の背中に「はい」と答えると、ゲストルームの前に立った。

雨柳の生活空間とは一線置いた場所を使えることに胸を撫で下ろし、扉を開ける。

彼がいない間もハウスクリーニングは通常通り行っており、ゲストルームにはきちんとベッドメイキングされたセミダブルのベッドが二つ並んでいた。スタンドの載った小さなテーブルとアームチェアがあるだけの部屋は、ゲストルームとは名ばかりで、客人用として使ってはいない様子だった。必要に応じて、舎弟が泊まる程度に見える。

桐弥は奥のバスルームを覗くと、バスローブが用意されていることを確認してから帯を緩めた。簪を抜き、髢を外し、それらをすべてベッドの上に並べていく。

蝶柄の訪問着を脱いで皺にならないよう広げると、ようやくありのままの自分に戻った気がした。長襦袢一枚の姿で、全身の力が抜けるような深呼吸をする。

（これから、するんだ……）

脱いだ着物を見ていると、帯の締めつけがなくなったにもかかわらず、胸がキュッと締めつけられた。女装することによって気持ちが女性寄りに――それも、二年間演じてきた雨柳の妻に近づいていたようで、男の自分との間に大きな差を感じる。

後悔しているわけではなかったが、随分と大胆なことを言ってしまったものだと、いまさら恥ずかしくなった。


世話係が常にいる環境で育った桐弥には、シャワーのみで済ませるという選択肢がなく、初めて自分の手で湯船を満たす。風呂の栓を閉めることすらしたことがなかったため、あれこれと考えて入浴の準備をしているうちに、気持ちを切り替えることができた。

自分のペースで入浴を終えてバスローブに身を包み、もしかしたら彼が来ているかもしれないと思いながらバスルームの扉を開けた桐弥だったが、ゲストルームは入浴前と何も変わっていない。着物や小物が広げられたベッドと、未使用のベッドが並んでいるばかりだった。

「――……」

彼よりも自分の方が入浴時間が長いという自覚があっただけに、桐弥は立ち竦んだままどうしてよいかわからなくなる。

ここで大人しく待つべきなのか、それとも自分から雨柳のベッドルームに行くべきなのか、濡れ髪を拭きながら考え込んだ。

　リビングに向かっていった雨柳の背中を思い返しても、どういうつもりでいたのか推し量ることはできず、自分は独り空回りしていないかと心配になる。いっそ携帯に電話でもしてみようかと考えたが、女装する際には身に着けていなかった。結局この状況から抜け出すには自分が動くしかなく、ゲストルームを後にしてリビングに向かう。

「雨柳さん？」

　幅の広い廊下を抜けてガラスの嵌まった扉を開けると、モノトーンのシンプルな家具が見えた。雨柳はおそらく、リビングの先にあるベッドルームにいるのだろうと思っていた桐弥だったが、一応声をかけながら足を踏み入れる。

「相変わらずの長風呂だな」

「ぁっ……」

「こんな時でもマイペースなあたり、お前はやはり度胸がいい」

　雨柳はリビングの隅にあるカウンターバーの内側に立っており、グラスの中の丸氷をマドラーでカランと回していた。カウンターにはウイスキーのボトルと、舎弟達が絶やさず用意していた新鮮な果物が載っている。

「何か飲むか？」

「ぁ、はい……」

桐弥は濃紺のガウン姿の彼に近づき、カウンター越しに顔を見上げた。

造作は何も変わっていなかったが、一目見てすぐに懐慕の念を覚える。

二週間逢わなかったことによるものではなく、ここにいるのは確かに、幼い頃から兄のように慕ってきた——二年前までの雨柳だと感じることができた。

「お酒以外の物、あるんですか？」

「絞ればある。グレープフルーツとオレンジ、あとは何だ？」

「レモンですね」

桐弥はカウンター側からは見えにくいレモンを指差して、雨柳に笑いかける。知らない種の緊張をしているはずだったが、雨柳の顔を見た途端に気持ちがほぐれていた。

「何にする？」

「グレープフルーツがいいです」

言いながら手にしたグレープフルーツは、間接照明のみの室内でも鮮やかに見える。

手渡すとナイフで真っ二つに切られ、ルビーレッドの果肉が絞り器にかけられた。

「ここで飲むか？」

雨柳はカウンター下のグレープフルーツに目を向けながら、おもむろに訊いてきた。

この問いに対して「はい」と言わずに、「貴方の寝室で飲みます」と言ったらどんな顔をするのだろうかと、桐弥は独り想像しながら彼の手元を見ていた。

鳳城組の直参組員になるに当たり、例外なく飯炊き修行を乗り越えている雨柳の料理の腕前は、未だに語り草になっている。飲み物一つ用意するにもその片鱗は見られ、無駄のない動作で果汁を濾《こ》してグラスに注ぎ切ると、そこに蜂蜜を混ぜ合わせ、溶けたのを見計らって砕き氷を少量追加した。

「美味しそうですね」

訊かれたことに答えなかった桐弥は、差し出されたグラスを手にする。

雨柳が蜂蜜を使った理由は味のためなどではなく、グレープフルーツの刺激を和らげ、賭場で痛めやすい喉を労わってくれたのだとわかっていた。

「いただきます」

雨柳を跡目として必要とする自分と、自分を胴師として必要とする彼——そこに、それ以上の物がどれだけ、どのような形で存在しているのだろうかと、思いを馳せながらグラスに口をつける。濾されて口当たりのよくなっているジュースはほどほどに冷えており、爽やかな香りと優しい蜂蜜の味がした。

「桐弥？」

グラスの中身を飲み干した時、頬に熱い物が滑っていくのがわかる。

空になったそれを大理石のカウンターに置くと、目の前の顔が滲んで見えた。

「何故泣くんだ」

「――あまり、優しくしないでください。どうしていいか、わからなくなります」

本当に、これからどうしていいかわからなかった。先日のように強引に押し倒されてしまった方が余程楽で、何をされても抵抗せずに、大人しく受け入れれば済む話だった。

「無理強いしたいわけじゃない」

雨柳は無表情に限りなく近い顔で言うと、利き手を伸ばす。

ひやりと冷たい手で桐弥の頬に触れ、顎を上向けさせた。

「――っ」

キスをされるとわかっても、桐弥は目をつぶらなかった。

これまでの経緯から察するに、雨柳が同性である自分に対し、特別な情を抱いているのは疑いようがなかったが、わかりやすい言葉を与えてはくれない彼の心は、目で見て知るしかないと思った。

「！」

唇が繋がる寸前、桐弥は何が起きたのかと目を疑う。

雨柳は動きを止めるなり、屈めていた体を元に戻していた。桐弥の頬に触れた手はそのままに、涙を拭い終えると身を離す。

「雨柳……さん？」

「ここで始めたくない」

「え？」

「先に行って待っていろ。少し飲んでから行く」

雨柳は透明な丸氷とウイスキーが入ったグラスを手にすると、カウンターに寄りかかるようにして横顔を見せた。

「はい……待っています」

どこへと指定されなくとも、思いつく場所は一つだった。

今一番行きたい場所もそこだと気づいた桐弥は、彼のベッドルームに向けて歩き出す。

胸の中心で、温かい何かが芽生えるのを感じていた。


銀座のクラブで交わした短いキスで、すでに火が点いていたのだと——桐弥がそう思い知ったのは、雨柳と再び唇を重ねた時だった。クイーンサイズのベッドが置かれた寝室で、彼を待ったのは五分程度。現れるなりそれはすぐに始まって、あの店から先ずっと燻《くすぶ》っていた火に、油を一気に注がれる。

「はっ、ぁ……っ、ぁ……っ」

伸しかかる雨柳の体は大きく、口づけは熱かった。

全身で感じる重みや、口腔に忍び込む舌の動きに、生きている彼を見出す。

「──ッ、ハ……桐弥……っ」

「んぅ、ふは……っ……ぁ！」

桐弥は彼のガウンの背に手を伸ばし、引っ掴むようにして肩を剝かせた。

今は舌を交わすことに夢中で見ている余裕などなかったが、緋牡丹が見たくて、触れたくて堪らなかった。押し倒されるまま枕に頭を埋め、差し込まれる舌を受け入れながらも、両手で雨柳の肩に触れる。そこから背中にかけて、見事に咲いているであろう花を愛でるように撫でて、極道の彼を感じた。

「……っ、く、ふっ……ぅ……」

触れた以上に触れられる体は、彼の手の軌跡を辿って火照り出す。どこにどう触れられたのか、肌が全部記憶していた。

「……んっ、ぅ、く……っ」

桐弥には雨柳の口内に進んでみたいという欲求があったが、勢いのある舌の侵入を乗り越えてそうするだけの力はなく、試みた舌のつけ根が攣りそうだった。

「ふっ、ぅ……ぅっ」

奥歯を一本一本数えるように蠢く彼の舌と、太腿や乳首を這う指先に翻弄される。

「──ッ、ハ……ッ」

雨柳の背中を愛でる余裕がなくなるほど脱力し、体中から骨という骨が抜けていくようだった。マットに全体重を預けると、膝裏をそっと摑まれる。自分でも驚くほど柔軟になっており、両脚を大きく広げられても、痛みも抵抗も感じなかった。

「桐弥……」

雨柳は顔を少しだけ引くと、濡れた唇を舐める。

仄灯りに照らされる彼の顔を見つめながら、桐弥は特に、その唇を注視した。

血に濡れることもなく、紅が移ることもなく、ありのままの色をした雨柳の唇を見ていると、自分もまた正真正銘の自分自身であるのだと感じられた。

「ぁっ、は……っ」

唇を見ていられたのは、ごくわずかな時間だった。顎の先を食むように挟まれ、首筋にキスをされる。骨抜きな体になっても、血の巡りと脈動は激しいままだった。それを示す頸動脈の上で、口づけが止まる。

「……雨柳、さ……ぁっ！」

突き出した舌で脈を探られると、リンパ腺の辺りがピリピリと強張った。シーツに貼りついていた背中が浮き上がり、くすぐったいのか痛いのかわからない感覚に襲われる。

雨柳は痕を残さないよう気をつけているようで、首筋を舌で舐めたり唇を押し当てたりはしても、吸うことはなかった。その代わりなのか、身を下にずらすなりすぐに、乳首を強く吸い上げる。

「あっ！　ぁは……っ、んぅっ！」

自分の声とは思えないような声が出て、桐弥は慌てて口を塞いだ。それでも片方の手では雨柳の背中を擦り、薄目を開けて刺青を見る。

銀座で見た肉感的なホステスとはあまりにも違う平坦な胸を吸う彼の背に、目を見張るばかりの緋牡丹があった。その紅い色は堪らなく扇情的で、あの妖艶なホステスのような、熟した美女が似合いに見えた。

「――っ、ぅ……っぁっ」

桐弥は枕から首を上げて雨柳を見下ろし、背中ではなくうなじに触れる。同時に脈にも触れると、確かな興奮がそこにあった。思わず嬉しくなって頭を掻き抱けば、物足りないはずの乳首をよりいっそう愛される。

「……はぁ……んっぅ、あっ、ぁ……！」

熱い口内に向かって突き出すように硬くなった乳首を、ぐるりと舐められ、舌先で押し返される。どんなに尖らせても凹まされるほど強く押されて、そうかと思うと解放されて弾かれた。

「あっ、はぅっ……はふっ……っ」

脚に時折触れていた雨柳の欲望が、今はあえてそうしているかのように宛がわれる。

男の身で彼にこんなにも求められ、悦ばれていることを実感すると、記憶に残っているホステスの姿が薄くなっていった。

たとえどれほど婀娜《あだ》めく美女がいようとも、この緋牡丹に添う蝶は自分に違いなく――誰にも、譲りたくないと思った。

「雨柳さん……っ、ぁ……あぁっ」

上体を起こしながら下へと移動していった雨柳は、桐弥の膝裏を内側から押さえる。

その目に晒されている物が昂っていることは百も承知で、桐弥は再び強く口を塞いだ。

雨柳から離れてしまった手はシーツに持っていき、来たるべき時に備えて力を込める。

どこに何を挿入するかは想像がつくものの、間にどのような行為があるのかは知らず、ただじっと雨柳の動きを待っていた。

「しっかり勃ってるじゃないか」

「いっ、ぁ……っ！」

先端に触れられて、桐弥はビクンッと肘を起こす。とても寝てはいられず、座るに近い体勢になった。雨柳の背中や肩に広がっている刺青が、これまでで一番よく見える。

桐弥にとって刺青は珍しい物ではなく、賭場の度に中盆の刺青を目にしてきた。激痛を乗り越えて入れた彫り物を見せて歩きたいのは誰もが同じで、外ではできない分、本部内では皆無造作に出していた。されど雨柳は徹底してスーツか袴を着こなし、誰より美事なこの花を隠してきたのである。

例えるならば、そこにあるのがわかっていても見ることのできない女の乳房のように、秘められていたからこそ余計に気になって仕方のない花だった。普通の少年が性的なときめきを乳房に感じるのと同じように、桐弥は雨柳の刺青に春情を催す。臍《へそ》に向かって涎を垂らす昂りを扱《しご》かれればなおさら、嬌声を止められなかった。

「――……ぃ、ゃ……ぁぁっ……」

「女のような顔をしていても、ここはもう挿入に堪えられそうだ。だが、今後使うことは許せそうにない。女にも男にも――」

「……ゃ、ぁっ……雨柳さ……っ、そんなに……触っ、ちゃ……っ」

「我慢しなくていい。勃つとわかっただけで満足だ」

雨柳は桐弥の顔を上目遣いに捉えると、おもむろに口端を上げる。自嘲気味で皮肉った笑い方をして、濡れた先端をぺろりと舐めた。

「いっ、あぁっ……っ！」

たった一舐めで意識まで弾き飛ばされそうで、桐弥は両足の踵をシーツに埋める。

鈴口を舌先でぐりりと抉じ開けられたかと思うと、きつく結んだ上下の唇に挟まれた。

まるで挿入感を経験させるかのように、狭めた口内に重々しく迎えられる。

「やぁあっ、ぁ……ぃっ、ぁぁっ！」

「――……ン、ッ……」

「ぅぁああっ、ぁ……はっ、ぁ……」

根元を摘まれ、口内で絞り込まれる快感は凄まじいものだった。最早口を塞ぐこともできなくなって、桐弥はハァハァと息を乱す。火の点いた体を雨柳に見られ、扱かれ、舐められた挙句に吸われながらも、それを恥じているだけの余裕がなかった。このままでは彼の喉に向けて吐精してしまいそうで、官能と焦燥が畳みかけるようにやってくる。

「ふはっ、ぁ……ぃっ、あ、ぁ、ぁ、あぁ――……っ!!」

我慢しなくていいという一言に、甘えるしかなかった。

もしもそう言われていなかったとしても堪えられた自信はなく、雨柳の口内に思い切り精を放つ。ドクドクと鳴る音は吐精の音なのか、それとも心音なのか、まるで太鼓の音のように振動しながら体中に轟いた。

「ゥッ……」

少し苦しそうな雨柳の呻きが聞こえても、体の奥底からマグマのように噴出するそれを止める手立てはなかった。これまで経験したことのない懇望の虜となった体は、しっとりと淫靡な汗に濡れ始め、荒い呼吸を繰り返す。

「――……ぁ、ぅ……んぅっ、ふ……っ」

桐弥は雨柳に謝るタイミングすら逃して、踵でシーツを引っかき回した。体が熱くて、まんじりとはしていられないものがあった。精を放ってもなお、終わらない何かを求めて意識が動く。

「ひぁぁっ……っ!?」

射精をようやく終えた昂りを解放された瞬間、引いていく唇に悲鳴が出た。

達したばかりの敏感なそれを逆撫でされるのは、刺激的で堪らない。さらには、自身が放った熱いマグマに満ちた雨柳の口を失って、ベッドルームの空気に晒されるのである。

「……ぁ、っ、は……ぁ、っ」

体の一部が濡れているせいで冷たく感じる空気の中に、桐弥はぐったりと身を投げ出した。なけなしの理性で脚を閉じようとすると、間にいた雨柳が身を避けて、それを助けてくれたのがわかった。とはいえ今の桐弥には彼が離れたこと以外は何もわからず、雨柳が今どういう状況にあって、どこを見ているのかまでは認知できない。呼吸して少しでも酸素を取り入れるべく、ハァハァと息をつくばかりだった。

「あっ……！」

羞恥を抑え、雨柳の顔を見たいと思った瞬間——膝をまとめ、体を裏返される。

辛うじて袖に残っていたバスローブを剝ぎ取られた桐弥は、一糸纏わぬ姿になった。そしてすぐさまベッドマットに膝を立てさせられ、獣のポーズを取らされる。

「うっ、雨柳さ……っ、ぇ……っ!?」

上体は枕側に沈み気味で、腰ばかりが上がっていた。想像するのを脳が拒否するような恰好に、桐弥はパニックを起こしそうになる。最初は暗かった室内も、目が慣れてくるとそこそこに明るく感じられ、向かってくる視線に悲鳴を上げたくなった。

「ふぁぁ……っ」

騒ぎ出す気配を悟られたのか、雨柳の両手で尻臀《しりたぶら》を摑まれる。二本の親指を中心のすぐ近くに添えながら、他の指で双丘の膨らみを揉みしだかれた。

「ひぅっ……っ」

驚きに驚きが重なって、桐弥は息をつく方法にすら迷う。

そうしている間も驚愕の愛撫は続き、膝を動かしてもどうにもならないほどしっかりと持ち上げられた尻が、桃を割るかのように真っ二つに分けられていた。必然的に拡げられていく窄《すぼ》まりに雨柳の舌が当たって、その口内にあったとろみを注ぎ込まれる。

「いっ、ゃ、ぁぁあっ！」

最早覚悟も情欲もなく、恥ずかしくて恥ずかしくて、逃げ出したくて堪らなかった。

実際のところヘッドボードに向けて肘や頭が勝手に前進し始めており、すでに逃げ腰の状態だった。

「――……っ、ぁ……んっ、ぅぁ……っ」

やめてください許してくださいと言うしかないと思ったその時、桐弥は逃げるに逃げられない感覚に呑まれる。雨柳の指が粘液を絡めながら入ってきて、小さな所はじわじわと拡げられていった。

「はっ、ふぁ……ぁ、ぁ、ぁ……」

それもまた恥ずかしく、どうかやめてと言いたい気持ちはあった。されど意に反して、桃色がかった嬌声が零れてしまう。指が一本だけの今、痛みは少しもなかった。羞恥心を除けば、あるのはただ快感のみで——一度は萎え切った脚の間に再び血が集まる。

「——ぁ、ぁんっ、ぅ……はっ、ぁ……っ！」

体を起こしたらしい雨柳の気配を背中に感じ、桐弥は二本目の指を受け入れる。ピリリと痛みを感じたのは最初の一瞬だけで、長い指が粘液を纏って動き出した途端、それは紛れもない愛撫になった。

「きついのか?」

「!」

しばらく口を利けなかったであろう彼の声を久しく聞いて、桐弥は首を横に振る。

顔こそ見えなかったが、声を聞くことで、自分の体を好きにしているのが雨柳であることをよくよく感じると、抵抗は薄らいでいった。

彼の妻のようになって、癒し、支えると決めたのである。この行為がそれに必要なことであるならば、逃げ出すわけにはいかなかった。まして気遣う言葉まで与えられた今、羞恥など些細な物に思えてくる。

「……う、りゅう……っ、さ……」

桐弥は枕の角やシーツを握り締め、途切れ途切れに雨柳の名を呼んだ。そうしながら、彼の指の動きに体を慣らせていく。秘めた洞の中で鋏のように閉じてはやんわりと広がり、時に渦巻きながら進退を繰り返す指に、理性まで解きほぐされているようだった。

「……ぁ、はっ……ふぁ……ぁ、ぁ……も、ぅ……っ」

それ以上されたらまた達ってしまう——と訴えそうになる唇を制して、桐弥はハフッと大きく息を吸う。

「桐弥……っ」

元々抽《ぬき》んでた魅力のある雨柳の声は、かつて耳にしたことのない艶を帯びていた。火照った背中に降り注ぎ、ただ名前を呼ばれただけでこれからすることが伝わってくる。それはきっと堪らなく気持ちのよいことなのだろうと、期待せずにはいられないほど、甘く痺れる声だった。

「力を抜け」

「……雨柳さん……っ、この、まま……?」

「これが一番楽なはずだ」

枕に抱きついたまま後ろを顧みた桐弥は、肩越しに見えた雨柳の半面に向けて頷く。

彼を恐いと思ったことも確かにあったが、土台にある信頼が揺らいだことはなかった。

全裸で伏せた無防備な恰好であっても、彼の言葉ならば全面的に信じていられる。

「……っ、ぁっ」

二本の指が抜かれると同時に、熱い物を押し当てられた。

めり込んでくる先端は濡れており、互いのとろみが混じり合っていくのがわかる。

「……っは、ぁ、ぁ、ぅ……っ！」

いくら拡げたところでそんな著大な物が入るわけがないと感じ、ナイフで切り裂かれるような痛みを覚悟した桐弥だったが、押し寄せてきたのは予想と異なる感覚だった。実にゆっくりと侵食され、触れた所からじわじわと一体化していく。

「あっ、ぃ、つっ――ぅ……っ」

「――痛むか？」

雨柳の問いかけに、桐弥は答えることができなかった。痛いか痛くないかで答えるならば痛いに違いなかったが、加圧による重さの方を強く感じる。双丘を割るように摑んでいた雨柳の手が腰にくればなおさらで、ずしりと、伸しかかられていることに安心した。

「……くっ、ぅ、んぅ……ぅ――……！」

「――……息を止めるな、力を抜くんだ」

最も張り出した部分が収まると、そこから先には快感ばかりが待っていた。

少しばかり乱れている雨柳の呼吸が、印象的に耳に残る。

経験がないとはいえ桐弥も同じ男であり、こんなに少しずつではなく、激しく腰を叩きつけたいであろうことはわかっていた。それでも決して性急な素振りを見せない彼の中に、過分なまでの愛情を——見出さずにいることの方が難しかった。

「……ふぁ、ぁ、ぁ——……っ」

奥を突かれて、雨柳の重みも一体感も倍増する。

腰にあった両手が胸まで滑ってきて、体をがっちりと固定されながら、指の間に乳首を挟まれ擦り上げられた。小刻みに腰を動かされれば意識も揺れて、自分の声とは到底思えない声で啜り泣いてしまう。

「——……桐弥……っ」

目に見えるのは、枕やヘッドボードばかりだった。されど瞼の裏側に、一度も目にしたことのない雨柳の顔が浮かび上がる。

牡の艶色を誇るその顔は、劣情に燃えてなお、切ない愛惜に満ちていた。

7

七月中旬の月曜日、桐弥は朝食を取ってすぐに制服に着替えると、本部一階の事務所を訪れた。ガラスで仕切られた一画に早朝から詰めている雨柳に、コーヒーを届ける。

彼が戻ってからの二週間、心を込めて丁寧にドリップしたコーヒーを一日何度か届けることが、桐弥の日課になっていた。

「雨柳さん、コーヒーを淹れましたのでよろしかったらどうぞ」

トレイをデスクに置くと、モニターに向かっていた彼が斜め後ろを顧みる。物珍しそうに制服姿を眺めながら、カップを手にした。

「わざわざ制服を着なければいけないのか？」

「ええ、生徒が校内に入る場合は原則として着用する決まりなんです」

桐弥は久しぶりに着た制服を見下ろして、曲がっていた校章を直した。

元より、極道の世界に半分足を突っ込んでいる自分が、こんな恰好をしていていいのだろうかと迷っていたものだったが、今は迷うなどという半端な気持ちではなかった。つい数時間前まで、雨柳のベッドで彼に抱かれ、緋牡丹の刺青と肌を合わせていたのである。

名門私立の男子高校生の装いなど、分不相応で息苦しいばかりに思えた。

「先週お話ししましたように、今日は休学届を提出しに学校に行ってきます。お昼頃には向こうを出られると思うので、帰りはたぶん一時半前後です」

「気をつけろよ」

「はい、水無月と行きますけどよろしいですか？」

「一人か？」

コーヒーに顔を近づけていた雨柳は、香りを楽しむのを中断する。水無月がつき添うことを問題視してはいないようだったが、人数が足りないと考えている様子だった。

「学校に行くだけですから十分だと思います。駐車場は塀の内側にあって、守衛さんに生徒手帳を見せないと入れないようになってるんです。寄り道もしませんし」

「リムジンを使え」

「……えっ、リムジンッ!?」

思わぬ雨柳の言葉に声が引っ繰り返ってしまい、桐弥はコホンと咳払いする。

鳳城組が一台のみ所有しているリムジンはあの事件後すぐに防弾仕様に改造しており、安全性は他のどの車よりも高かった。しかしながら非常に目立ち、そう易々と使える物ではない。防弾仕様にしたのも四十九日の法要と幹部会の際に使うためであり、学校に乗りつけるなど正気の沙汰とは思えなかった。

「いくらなんでもそれはちょっと。防弾ガラスを嵌めた車は他にもありますから、普通の黒塗りで行きますね」

「リムジンを使えと言ってるんだ」

雨柳は頑として譲らない口調で言うと、ガラスの向こう側に繋がる内線ボタンを押す。機械的なブザー音の後に、スピーカーから野太い声が聞こえてきた。

「水無月を寄越せ」

内線に出た男は、雨柳の指示に対し「探してきます」と答えたが、そのすぐ後に「あ、丁度来ました」と続ける。

「青江っ、兄貴がお呼びだ」

張り上げたその声は、スピーカーを通さずにガラスの向こうから直接届いた。

そして、急ぐ足音とノックの音が響く。

「補佐、お呼びですか？」

磨硝子に取りつけられた扉を開いて現れたのは、スーツ姿の水無月だった。

夏場の今は来客でもない限りスーツは着ない彼だったが、今日は薄灰のサマースーツを爽やかに着こなしている。人前に出ないとはいえ、桐弥の学校に行くことを考えた上での服装だった。

「霊代を送っていくならリムジンを使え。運転したことはあったな？」

「は、はい、二度、いえ三度あります」

「鍵はこれだ」

水無月はすでに車の鍵を持っていたが、差し出されたリムジンの鍵を丁重に受け取る。電子式の操作部に、大粒のルビーが埋め込まれたキーホルダーがぶらさがっていた。

鍵を渡すなり背を向けた雨柳を横目に、桐弥は水無月の顔を見上げ、「授業中に着けば人目につかないよね」と声をかける。

「はい、駐車場は校舎の陰になってますから平気やと思います。けど昼休みにぶつかると厄介です。そろそろ出た方がええかと」

「そうだね、先生と約束してあるし」

リムジンで行くのは避けられないな——と思い諦めの溜息をついた桐弥は、その瞬間、雨柳と水無月に挟まれているという状況に突然気づいた。

「——……」

映画館に行ってから先、水無月はそれまで以上に桐弥を敬い霊代として扱うようになり、拭いきれないぎこちなさは残っていた。それでも当たりは柔らかく、毎夜のように雨柳のマンションを行き来する桐弥を、嫌な顔一つせずに送迎している。

一方雨柳は、水無月と桐弥の接触について何ら言及せず、不快感を露わにすることもなかった。自信があるから気にしていないのか、それともプライドや立場上そのように見せかけているのか、判別するのは困難だった。

「雨柳さんは、今日はずっとこちらですよね？」

「その予定だ」

「もし予定外に出かけるようなことになった時は、くれぐれも気をつけてください。ではいってきます」

すでに仕事に戻っている雨柳の背中に向けて言うと、桐弥は水無月と共に踵を返す。

桐弥の中にはまだ、三人でいることをあえて感じてしまうだけの意識があった。

二人が腹の底で何を思っているかを推し量ることはできなかったが、それなりに自然に言葉を交わせたことに、胸を撫で下ろさずにはいられなかった。

「霊代、いってらっしゃいませ」

雨柳の仕事場となっている一画から出ると、机が並ぶ事務所から声が上がった。詰めていた組員達が一斉に席を立ち、「いってらっしゃいませ」「お気をつけて」と声を揃える。

極道は原則として笑いを美徳とはしないため、桐弥は霊代として控えめな笑みを返した。

そうして猛者に見送られて進むごとに、制服の着心地が悪くなっていく。

今日を最後にしまい込むことになる制服だったが、それはしばらくの話であって、完全に縁を切るわけではない。退学するつもりでいた桐弥に、「休学にしておけ」と言ったのは、他ならぬ雨柳だった。

学校までは早朝でも車で一時間以上かかり、すでに日が高く上がっている今では、普段よりも時間がかかることが予想された。その道程を広々とした後部座席で独り過ごす気にはなれず、桐弥はリムジンの助手席に座ることを思いつく。

無論そんなことをするのは初めてで、水無月は当たり前に後部座席のドアを開いていたが、桐弥は自分で助手席のドアを開けて座った。常識から外れた行動とはいえとやかく言われることはなく、二人並んで組本部を後にする。

鳳城組の正門をゆっくりと抜けて走り出したリムジンは、会話のないまま高速に乗り、走行中も常に注目を浴びながら神奈川に向かった。

追い抜いていく車の同乗者は、必ずと言っていいほどこちらを見ており、桐弥は苦笑う。後部座席は外から見えないようになっているため、周囲の視線は必然的に、運転席や助手席に注がれていた。

極道らしい人間が座っていれば状況は変わりそうなものだったが、一見そうとは思えないスーツ姿の若い男と、男子学生が座っているのである。車体が再び並んだ際にもう一度確認したくなるらしく、渋滞してスピードが落ちればなおさらだった。

「僕達、注目の的だね」

「――御二人のことですか？　それはもう……仕方ないかと」

ぽつりと言った桐弥の言葉に、水無月は真っ直ぐに前を向いたままそう言った。

最初は何のことかと驚いた桐弥だったが、彼が『僕達』の括りを勘違いしていることに気づく。運転しているのがリムジンであるため、普段よりも遥かに神経を遣い、集中している様子だった。

「話しかけてごめん。ちゃんと後ろに座った方がよかったね」

「えっ、ぁ、いえすみまへんっ！　なんか失礼したやろかっ」

「ううん、全然」

桐弥が笑って答えた時、前を走っていた車がハザードランプを点ける。元々詰まり始めていた車間がさらに狭まり、徐行に近い状態になった。それにより余裕のできた水無月に向かって、桐弥は「注目されてるの？　僕と雨柳さん」と訊いてみる。

「いえっ、そんな深い意味やありません。跡目と目されてる御方と霊代が注目されるんは、当たり前のことやしっ」

「遠慮しなくていいよ。そういうことじゃないんでしょう？　勘づく人がいてもおかしくないって思ってたし、本当のことを教えて」

車をじりじりと進めながら、水無月は困り顔でハンドルを見下ろした。口を結んで言葉を選んでいるようで、再び開くまでにはだいぶ間があった。

「――ほんまに夫婦になったのかもなって……言ってる兄貴がいましたが、決して悪い意味やありまへん。もちろん揶揄してたわけでもないです。むしろ補佐のことを心配してて、そうやったらいいっていう、希望的観測みたいでした」

桐弥は言いにくそうに語った水無月に、「そう……」とだけ返した。

無論大っぴらにできることではなかったが、日本古来の慣習である衆道は、禁忌というほど問題のある事柄ではない。ただし、雨柳の相手が亡き組長の息子である自分で、霊代として雨柳を跡目に指名する以上は、隠すべき関係となる。幹部会で跡目として正式に指名するまでの二週間、疑われるような接触は避けるのが順当だった。

「もっと気をつけなくちゃね……そんなことで足をすくわれるわけにはいかないし、マンションにはしばらく行かないようにするよ。今夜は出かけないから、そのつもりで」

「承知しました。けど今のところは直参の、それも補佐を慕ってる人しか勘づいてないと思います。桐弥さ……霊代は、あまり気にせず心安く過ごしてください」

「うん、ありがとう」

そうはいっても今はもっと慎重に行動しなければと、改めて自らの行動を顧みた桐弥は、雨柳に相談なく自重を心に決める。今の彼なら、理解してくれると信じていられた。

「――霊代は……補佐のことがお好きなんですね」

「！」

水無月の突然の言葉に、桐弥は鳩が豆鉄砲を食ったように目を剝く。

車の進みに合わせて時折視線を投げてくる横顔を見据えながら、真剣に耳を疑った。

「すみまへん、これも希望的観測です」

「何故、そう思うの？」

「日増しに綺麗にならはるし、補佐のマンションに通うんも、嫌そうには見えません」

水無月は希望的観測といいながらもわかりきっている顔で、柔らに笑う。

彼の意図がわからず、桐弥はその笑顔を見ていることしかできなかった。

「好いた人には、ちゃんと幸せになって欲しいと思います。無理やりなことやなくなって丸く納まるなら、それが一番やし」

水無月の言葉をさらに聞いても、桐弥はやはり何も言えなかった。

跡目としても、ベッドを共にする相手としても、雨柳を欲する自分がいる。

もしも雨柳が誰かと結婚して幸せになろうとした時、こんなふうに優しく見守れるだろうかと、思い惑う。自分は水無月よりもずっと貪欲で危うく、ドロドロと粘ついた執念で彼を雁字搦《がんじがら》めにして——放せそうになかった。


担任教師と学年主任に休学の挨拶をした桐弥は、必要書類を提出して職員室を後にする。

誰もいない廊下に出て扉を閉めるとそこに、夏休みの間に職員室の壁をガラス張りに改築することが決まった旨と、その工事日程を書いた紙が貼られていた。

大きく書かれた告知文書を無意識に読み、知らないうちに色々変わっていくんだな――などと思っていると、そのすぐ上にあった時計が目に飛び込んでくる。

昼休みを告げるチャイムが鳴るまで、あと五分しかなかった。

（いけない、急がなきゃ）

桐弥はたちまち焦って動き出し、職員室から程近い下駄箱に向かう。

学校指定のローファーに履き替えて、脱いだ上履きを紙袋に放り込んだ。そのついでに、靴箱の中に入っていた『暴力団追放運動中』などと書かれた紙も処分して、鉄製の傘立ての横を抜ける。そして三年生の下駄箱の隣にある二年生の下駄箱まで行くと、ふと見知らぬ学生と目が合った。

下級生にしては随分と大人っぽいな――という印象を受け、こんな時間に何故？　という疑問が残ったが、桐弥は構わず先を急ぐ。ところがその学生に、「すんません、ちょっといいっすか？」と声をかけられた。

「案内して欲しい所があるんすよ」

「え？」

遅刻者だと判断したこの下級生は、実は転校生だったのだろうかと思った桐弥は、彼の申し出に困惑する。昼休みの校舎内を歩くのはどうしても避けたく、とりあえず職員室の場所だけを、口頭で教えようかと考えた。

「駐車場まで、一緒に行ってもらえます？」

桐弥が喋り出すより先にそう言った彼は、黒革の学生鞄をカチャリと開けると、その中から布に包まれたアーミーナイフを取り出した。

「……っ！」

「騒がないでくださいよ、鳳城桐弥さん」

桐弥は迫ってくる男にナイフを突きつけられ、息もできなくなる。

両親の死に顔がフラッシュバックして、全身からサァッと血の気が引いていった。人を人とも思わず平然と殺せる人間が存在するのだという事実と恐怖が、たちまち蘇る。

「そんなに青い顔しなくても大丈夫。殺したりなんかしませんて。死なない程度に刺したり、利き手の指をちょん切ったりするくらいはしてもいいって言われてますけどね」

「！」

「賭場に出られなくなったら困るんですよね？　まあそんなわけで、ゆっくりでいいんで普通に歩いてください。友達と一緒に帰る感じで」

近づくと煙草の臭いがする男が、まず間違いなく偽学生だということはわかった。だがそれ以上のことをあれこれと推測する精神的余裕はなく、桐弥は言われるまま歩き出す。

後ろからベルトをしっかりと摑まれ、刃先をズボンの上から腰に当てられたまま、ほぼ横並びで校舎を出た。

「君はいったい、何者なんだっ……僕の両親を殺害したのは、君なのかっ？」

「名乗るほどのもんじゃないっすよ。とりあえず、さかさか歩いてもらえます？」

「――……」

校舎の入り口から見て裏手にある駐車場は、青々とした銀杏並木の側にあった。高い塀で校舎と共に囲まれており、ラインの書かれていないアスファルトの上に、一台の乗用車とリムジンが離れて停まっている。その少し先に、守衛室と車両入り口が見えた。

「リムジンかよ」

桐弥の姿を見て水無月が車から降りた時、男はチッと舌を打つ。

「桐弥さん、そちらは？」

水無月はナイフに気づいてはいなかったが、この偽学生を桐弥の学友だとは思っていない様子で、俄かに顔を曇らせる。不審がっているのを礼儀上隠し、微妙な表情を浮かべた。

「水無月……」

「まずは携帯を出してもらいましょうか。緊急用に二台持ってるって聞いてるんで、一台隠すとかは無理っすよ。とりあえず塀に叩きつけてもらえます？」

男の言葉に、水無月の顔が一瞬にして凍りつく。桐弥と視線を合わせながらも、意思の疎通がまるでできないほど動揺していた。

「妙なことするとざっくりやっちゃいますんで、そこんとこよろしく」

男が正午の陽射しの下にナイフをちらつかせたその時、昼休みを告げるチャイムが鳴る。

生徒達を喜ばせるのどかな音は、悪夢の開幕を知らせる鐘になった。


水無月に運転を指示した男は、学校から五分と離れていないトンネルの中で車を停めさせた。

そこにはワゴン車が待機しており、偽学生とは比べ物にならないほど屈強な二人の男が現れる。桐弥を人質に取られた水無月はなす術もなく、リムジンから降りた途端に両手を後ろ手に縛られた。

ワゴン車に乗せられた二人が連れていかれたのは、川崎にある寂れた繁華街のラブホテルだった。ゴム板のような目隠しのれんのついた駐車場に車を停め、男の一人がスライドドアを開ける。

「着きましたよ」

ここまで来る間に目隠しなどはされなかったため、桐弥も水無月も、フロントのシートの隙間から外の景色を見ることができた。それにより二人は、これが誰によって仕組まれたことなのかを察していた。何しろここは、身内のシマである。ただし本家の物ではなく、鳳城組傘下の組のシマだった。

「――お久しぶりですね、坊」

営業停止中のラブホテルの一室に連れていかれた桐弥は、予想通りの顔と対面した。鳳城組本家に二人いる若頭補佐の一人であり、亡き組長とは盃上の親子関係にあった男、そして地続きではないこの川崎に組を持つ、萩宮だった。

「萩宮さん、これはどういうことですか？」

桐弥は父親が生前の時のように「萩宮の兄さん」と呼ぶ気にはなれず、両手を縛られた状態で彼を睨み上げた。

インテリ風ではあるが元より血色が悪く酷薄な印象で、どこか爬虫類を想わせる萩宮の顔は、ラブホテルの薄暗い照明の下でますます不健康に見える。雨柳の真似をして株に手を出した結果、失敗して大損害を被ったという噂が流れていたが、おそらく事実だろうと思えるほど痩せこけていた。

「まあとにかく座ってください。私はね、敬愛する御大の御子息に無駄な傷をつけたくはないんですよ。坊だって大事な指を切り落とされたくないでしょう？」

萩宮の合図を受けて、桐弥の背後にいた男が動き出す。

両肩を大きな手で鷲摑みにされた桐弥は、ダブルベッドの真横にある一人掛けの椅子に、無理やり座らせられた。椅子はアイアン製で、背凭れは柵状になっている。

「ぁっ……！」

後ろ手に縛られた手を柵の向こう側へと引っ張られ、桐弥は手首の痛みに声を上げた。さらにそれだけでは終わらず、背凭れの後ろで両手を縛りつけられた挙句に、掌をナイフでピタピタと叩かれた。

「やめろっ！　桐弥さんに触るなっ!!」

部屋の奥にあるバスルームへと引き擢られていく水無月は、桐弥と離される段になって遂に暴れ始める。どうにもならない状況では相手を刺激しない方がいいことを、よくよくわかっている彼だった。けれどそんな理性をかなぐり捨て、縛られた足でバスルームのドア枠を蹴ったり、頭や肩を振ったりと、激しく抵抗した。

「ぐあああ――っ!!」

「水無月っ!!」

彼をバスルームに連行した男達は、「うるせぇっ!!」と叫ぶなり殴る蹴るの暴行を加えた。すでに桐弥からは見えなかったが、鈍い音が幾重にも重なる。

「萩宮さんっ、やめさせて！　何が目的なんですかっ!?」

桐弥が声を上げたその時、萩宮はベッドのヘッドボードに内蔵されたボタンを押した。

すると機械的な動作音がして、バスルーム側にある壁の一部がスライドする。

「水無月っ！」

明るいバスルームの中がガラス越しに見えるようになり、桐弥は無心に叫んだ。

厚いガラスの向こうで、水無月は二人の男に髪や肩を摑まれており、膝立ち状態で座らせられている。割れた額が当たったガラスは、付着した血で赤く透けていた。

「やめてくださいっ、どうしてこんな……っ！」

「どうしてもなにも、胸に手を当てて考えればわかるでしょう」

桐弥は萩宮の向こうに見える水無月を見据えながら、拘束された手首を震わせる。恐怖以上に怒りが膨れ上がり、ロープなどブチブチと簡単に切れる気がした。されど実際にはそんなわけにはいかず、喰い込む皮膚が痛みを訴えてくる。

「何故、僕が学校に行くことを……」

己の無力さを思い知り、さらには疑心暗鬼に駆られた桐弥は、問うなり歯を軋ませた。

自分が雨柳と大きく離れ、萩宮のシマに近づく登校時が、拉致を計画していた彼らにとって絶好のチャンスになったのは理解できた。しかしいったい誰がその情報をリークしたのかと考えると、絞られるように胃が痛くなる。

先週から決まっていた登校予定を事前に知っていたのは、雨柳と水無月以外には二名の幹部だけで、いずれも雨柳の舎弟だった。そのうち一人は、中盆の小野である。

「少々の金で動く輩はいくらでもいますよ。一昔前は聖職なんて言ったものですがね」

「！」

桐弥は勝ち誇った顔で語る萩宮を前に、この男の詰めの甘さに心から感謝した。

彼が差しているのが担任教師であるならば、桐弥にとってこれほど気が楽なことはなく、頭に浮かべてしまった幹部らの顔を謝罪しながら打ち消した。

「桐弥さんっ！　桐弥さんっ、無事ですかっ!?」

その時、水無月がガラスに頭を叩きつける。故意にそうされたわけではなく自分から、ノックの代わりに何度もぶつけた。

「水無月っ!?」

「桐弥さんっ！　聞こえますかっ、桐弥さんっ!!」

彼の声はバスルームに反響し、桐弥の耳に明瞭に届く。

ところがこちらの声はまったく届かず、部屋の様子も見えないようで、桐弥が声の限りに「水無月!!」と返しても状況は変わらなかった。

「今日あの男が坊についていたのは幸いでしたよ、確か特別気に入られてましたよねぇ」

「萩宮さんっ、早く目的を言ってくださいっ！」

「まあ詳しくは、若頭が来てからにしましょう」

「……叔父様がっ？」

桐弥は萩宮の言葉に瞠目し、若頭の猪熊がここに向かって来ていることを察する。

この暴挙が萩宮の単独行動ではないことは推測がつく話だったが、心のどこかでまだ、猪熊とは無関係だったらいいという思いがあった。面従腹背な男だとすでにわかってはいても、亡き父親とつき合いの長い猪熊が、ここまで無茶をするとは思いたくなかった。

「——……っ」

ガラスの向こうで必死に「桐弥さんっ！　桐弥さん!!」と叫んでは殴られている水無月の姿に、桐弥は涙を堪える。

ガラスはすでに広範囲が赤く染まっており、枠の中から水無月の顔が何度も消えた。床に突っ伏せられては起き、また叫んでは殴られる。

「もうっ、やめてくださいっ」

これから何が起きるかわからなかったが、桐弥は今どうすることが最善なのかを模索し、冷静に冷静にと自分に言い聞かせた。この場を賭場に見立てて、相手の考えていること、望んでいることを読み取るよう努める。

「——水無月を、ここへ連れて来てもらえませんか？　逃げたり暴れたりはしませんし、させません。叔父様が来られるのを静かに待ちますから」

切願しながらも堂々たる態度で要求した桐弥に対し、萩宮は「さすがに坊は肝が据わってらっしゃる」とせせら笑い、ベッドに座ったまま背後を顧みる。バスルームから響く怒鳴り声や打撃音は彼にとっても不快だったのか、あっさりと承諾した。

鳳城組若頭であり、鳳城組系猪熊会の会長も兼ねる猪熊が現れたのは、それから十分後のことだった。猪熊が絡んでいる以上、その下の萩宮と話しても無駄だと思った桐弥は、宣言した通り静かに待ち、猪熊と対面した。

バスルームで散々殴る蹴るの暴行を受けた水無月は顔中血だらけだったが、拭うこともできない状態で床の隅にうつ伏せにされている。桐弥の指示により不動、無言に徹しているにもかかわらず、手足を縛られたまま背中を踏まれていた。

「叔父様……」

強面の部下を連れてやってきた猪熊は、扇子を扇ぎながら桐弥に近づく。汗ばんだ額を部下に拭かせると、椅子に縛りつけられた桐弥を見下ろした。

「初七日以来だなぁ、あの時は威勢がよかったが、今日は随分といい恰好だ」

腹の肉を突き出しながら大いに高笑いした猪熊は、そうかと思うとぴたりと笑みを消す。閉じた扇子を部下に渡して、代わりに袱紗《ふくさ》に包まれた和紙の書状を受け取った。

「坊、単刀直入に言うぞ。ここに名前を書いて、血判を捺《お》せ」

猪熊は萩宮とその組員を含め、総勢七名に囲まれながら蛇腹折りの書状を開く。重そうな金の指輪をいくつも嵌めた指で端を摘み、桐弥の眼前に突きつけた。

「――……っ」

毛筆で書かれた文字は、桐弥が霊代として猪熊を跡目に指名するという内容で、まるで専門家に用意させた正式な遺言状のようだった。最後に名前を入れる余白が残されており、猪熊はそこを指で突く。

「お前さんがここにきっちりと、霊代鳳城桐弥と書いてくれればそれでいい。あとは血判だが、大事な指を傷つけろなんて無茶は言わん。丁度そこの、血だらけの奴からちょいともらって捺せばいい」

猪熊は口角を吊り上げると、上質な和紙でできた書状を一旦閉じた。

まるでそれが合図になっていたかのように、猪熊会の男が拳銃を取り出す。細長いサイレンサーを取りつけながら、水無月に近づいていった。

「何を……っ」

「坊が頑固なことも、黙って書くわけがないことも、わしはよぉくわかってる。その上、カタギ並みにお優しいってこともなぁ――とりあえずそこの若いの、水無月とかいったか？　お前さんが気に入ってたそいつの脳みそでも見て、御検討いただくとしようか」

猪熊がそう言うなり、拳銃を手にしていた男が安全装置を外した。

人が多くとも静かな室内に、ガチンッと重い金属音が響き渡る。

「待ってっ！　待ってください!!」

「んー？　書く気になったかぁ？」

ハハッと二重顎を揺らして笑いだす猪熊を見上げ、桐弥は全身の皮膚が引き攣るような異常な緊張を覚えた。後ろで結ばれた手は、わなわなと小刻みに震え出す。

賭場にいる時でさえ、これほどの状態にはならなかった。イカサマを見抜かれ、指を落として胴師生命を断たれるのとはわけが違う。生まれて初めて人の生死を分かつ決断を迫られた桐弥は、至極当然の答えを出しかけていた。

「書いたらあきまへんっ！　そんなん書いたらっ、殺されるんが落ちやっ!!」

背中を踏まれている水無月が、地面を舐めて噴き上がる風のように声を上げた。天井や壁にぶつかってわんわんと跳ね返るような声量で叫んだ直後、それに誰かが反応するよりも早く、「貴方の邪魔になるなら舌嚙んで死にますっ！」と続ける。

「水無月っ！　やめてっ!!」

桐弥の声と重なるように、萩宮が「猿轡《さるぐつわ》だ！」と指示し、水無月は三人の男達によって頭部や肩を押さえつけられた。慌ただしい足音や頬骨が床にぶつかる音、鈍い悲鳴に耳を打たれながらも、桐弥はひたすらにその光景を見守る。敵は憎かったが、動けない自分の代わりに、どうにかして水無月を止めて欲しかった。

「――天国に逝かせてやれ」

「……っ!?」

酷く騒々しい中で、目の前の猪熊が笑いながら言った。

その言葉の意味を考えた桐弥は、足元が抜けるような感覚を覚える。

水無月が早まった真似をしないよう、萩宮は猿轡を指示して止めさせたが、上の人間である猪熊が「殺せ」と言えばそうなってしまう。

ところが、口を塞がれ激しく抵抗する水無月に迫ったのは、銃口ではなかった。

猪熊が連れて来た猪熊会の幹部と思われる男の手によって取り出されたのは、紛れもない注射器で、それは何の躊躇いもなく水無月の腕に突き刺される。

(——まさか……!?)

声一つ出せず、息もできなくなるほどの驚愕だった。

無数の脚に阻まれながらも、水無月の顔ががくがくと上下に震えたのが見て取れる。

掴まれた腕から抜かれる針、弱まる呻き声、ぐったりと力なく横たわる体、最早押さえつけは不要とばかりに離れていく男達——実際にはそれなりの時間が流れているはずだったが、桐弥の目にはまるで一瞬の出来事のように映った。

「クスリを……っ、まさか、クスリを……！　そんな物に……手を出して……っ!?」

水無月は血で汚れた顔を床につけながらも、桐弥の方をじっと見ていた。けれどそれは顔の向きの話であり、目の焦点はどこにも合っていない。誰が見ても明らかに正常ではない虚ろな目をして、「桐弥さん」「桐弥さん」と、どこか嬉しそうに繰り返していたが、次第に聞き取れない声になっていった。

「目の前に金の生る木があるのに、手を出さないのは愚の骨頂ってもんだ」

聞こえてきた猪熊の言葉は、桐弥の中にある理性の糸を叩き切る。体中に怒りの感情を乗せた血液が行き交い、髪の先に至るまで、すべてが激昂するようだった。

「それだけはっ……それだけは絶対にいけないとっ、お父さんはいつだって厳しく言っていたはずですっ！　組の生計が火の車のようだったあの頃からっ、クスリにだけは決して手を出さずに、身を削って賭場を開いてきたんですっ！　幹部にも見習いにもっ、殊更《ことさら》厳しく言っていたのを忘れたんですかっ!?」

「カビが生えてたんだよ、兄貴はなぁ」

猪熊は亡き組長を昔のように呼ぶと、懐かしむ顔をする。手にした書状の文面を再び桐弥の眼前に晒して、「兄貴の息子をヤク中にするような真似は、できればしたくないんだがなぁ」と笑った。

「貴方は最低だ！　極道の風上に置けない最低の人間ですっ!!　広域だって貴方なんかを幹部に取り立てるはずがありませんっ！　貴方なんかと盃を交わしてしまったことはっ、父の人生で最大の汚点です!!」

言い切った刹那バシィィ！と音が轟き、桐弥は猪熊の平手で張り倒される。体が横に持っていかれるような勢いで、縛りつけられた椅子ごと激しく転倒した。

「うっ、ぐっ……ぅっ！」

「お前のようなガキに何がわかるっ⁉　この俺をっ……お前の父親と何十年も連れ添ったこの俺を差し置いてっ、あんな若造を跡目に立てるなど決して許さんっ‼　たとえ天地が引っ繰り返っても俺は認めん！」

「——賭場を……愛さない、者にっ……鳳城の代紋はっ……死んでも渡しませんっ‼」

桐弥は倒れてなお椅子に座った恰好のまま、憤然として言い放った。口内が切れて血の味を感じても、お構いなしに全身の怒りを込める。

「だったら死んでもらおうかっ！　大事な指をちょん切って血判捺してからなっ‼」

「血判なんか捺させてもっ、そんな紙切れは通用しません！　貴方の地盤がすべてクスリによるものだとわかったら、誰もが貴方を許さないっ‼　僕や水無月を殺したって、雨柳さんが必ず貴方を失脚させるっ‼　鳳城組はあの人の物だっ‼」

「指を切り落とせ‼」

部下に命じた猪熊が、桐弥の顔を踏みつけようとした時だった。

突如ビィイーッと呼び鈴が鳴り、玄関の金属扉が音を立てる。

「！」

意識が朦朧《もうろう》としている水無月を除いて、誰もが廊下に視線を向けた。

廊下とこのベッドルームの間には扉があったが、猪熊が来た時のまま開いており、誰が入ってくるのか一目瞭然だった。桐弥の位置からも猪熊の位置からも、ノブが回って玄関扉が開かれる様子が見える。

「誰だっ!?」

猪熊と萩宮が声を重ねるように怒号を上げた直後、拳銃を持っている男が独断で桐弥の元に駆け寄った。うなじにサイレンサーを押し当てて、誰が来ても桐弥を人質にできるよう待機する。

「雨柳っ！」

玄関扉が開いた時、真っ先に見えたのは雨柳の姿だった。

背後に舎弟がついてはいたが、彼は堂々と先頭に立っていた。

「雨柳さんっ……」

桐弥はこの時初めて、彼に来て欲しいとは思わなかった自分に気づく。必ず後で何とかしてくれるという確信と願いはあっても、今ここに、雨柳が来るということは欠片ほども望んでいなかった。

「若頭、萩宮の兄貴、少々お邪魔してよろしいか？」

雨柳は手ぶらの両手を開いて見せると、唇の端を持ち上げる。

悠然と構えたその態度に猪熊を始め桐弥も絶句し、沈黙だけが流れていった。

「雨柳っ、貴様……何故っ、何故ここがっ!?　みっ、見張りはっ!?　何をしに来たっ!?」

「穏便にいきたいと思い、金を持って来たんですよ。とりあえず現金で十億用意しました。これで足りるといいんですが」

腹の底から絞るように言った猪熊に、雨柳はさらりと答える。入室の承諾を得てはいなかったが、猪熊と萩宮が面食らっている隙に、玄関扉をより大きく開いて入ってきた。

銀色のジュラルミンケースを提げた舎弟達がそれに続き、雨柳が猪熊と対峙した時点では、十人もの舎弟が入室していた。

「なっ、なんだこれはっ!?　どういうつもりだっ!!」

「雨柳っ!!　や、やめろっ！　舎弟を下がらせろ！」

銃口を突きつけられたまま床に寝そべっていた桐弥には、その光景はあまりにも異様なものだった。やや広めとはいえラブホテルの一室に、自分を含め二十一人もの男が犇《ひし》めき合っている。雨柳の舎弟は全員黒スーツを着ているため、部屋は黒黒黒で埋め尽くされて、元々暗めの灯りが床まで届かなくなっていた。

「配置はいいか？」

猪熊の前に立つ雨柳の言葉に、十人の舎弟達が「はいっ」と声を揃える。

その時になって初めて、桐弥は彼らの立っている位置に気づいた。

脚の間から見えるジュラルミンケースを頼りに位置を把握してみると、十人の舎弟達は全員、猪熊と萩宮以外の誰かしらの目の前に立っているようだった。余った四人は、水無月の傍へと寄っているのがわかる。そして一人は——これは中盆の小野だったが、桐弥に銃口を向けている男の前に立っていた。

「一人につき一億用意した。これを持ってどこへなりと行け。このホテルでのすべての音声は録音済みだ。俺や霊代を殺したところで博徒連合の掟は生き続け、猪熊会と萩宮組は確実に潰される。その前に金を持って姿を消し、沈黙していろ。無論、余計なことを口にすれば地の果てまで追いかけて制裁を加えるから、そのつもりで」

「！」

桐弥は遥か上にある雨柳の横顔を見上げたまま、ジュラルミンケースが部屋のあちこちで開けられる様子を捉えていた。そこらじゅうから「おおっ」と上がる声にうろたえる猪熊と萩宮だったが、得てして上の人間は武器など持たないものである。ましてや肥満体と痩せぎすの彼らに、独りでできることなどたかが知れていた。

黒服の群れを俯き加減で抜けるようにして、一人、また一人と、一億円を受け取った男が去っていく。所詮はろくな極道教育をしていないチンピラレベルの烏合の衆は、猪熊や萩宮が欲していた雨柳の錬金術の前に、脆くも崩れ去った。

「雨柳……さん……っ」

桐弥は辛うじて声を出すと、再び口を噤んで息を呑む。

状況は悪くはなかったが、完璧というわけではなかった。

猪熊らの部下六人のうち二人は、金を受け取らないまま部屋に残っている。

そのうちの一人は萩宮組の人間で、部屋の隅で雨柳の舎弟に囲まれている上に、手にしているのはドスのみだったが――もう一人が問題だった。

桐弥のうなじに銃口を突きつけている猪熊会の男が、小野の差し出す金に頑として目を向けなかったのである。

「ハ、ハハ……ッ、ざまぁねぇな雨柳っ！　金で何でも買えると思うなよっ!!」

シャワーでも浴びたかのような汗を掻きながら、猪熊は必死に虚勢を張る。だがそれも一瞬のことで、ドスを取り出した雨柳の舎弟に迫られてじりじりと後退りした。ベッドの前の萩宮と肩をぶつけた挙句に、二人揃ってどさりと仰向けに寝る羽目になる。

「何が望みだ」

雨柳は無力化した猪熊らに背を向けると、桐弥を人質に取っている男に問いかけた。

その男の表情は桐弥にも見て取れたが、相当な焦燥はあるらしく、じわりと暑い部屋の中で、汗をぽたぽたと垂らしている。年齢は、二十代半ばから後半に見えた。

「極道は……金で動くもんじゃねぇ」

「そうだな、その通りだ」

「俺はっ、たとえ死んでも最期まで、極道でありてぇっ！」

「ではいずれ、鳳城本家の直参として迎えよう。霊代を無傷で引き渡すんだ」

この時、桐弥は初めて雨柳と目を合わせる。

桐弥がこれまでどれだけ視線を注いでも、雨柳はそれに応じなかった。

(雨柳さん……)

繋がった瞬間に、感情が一気に膨れ上がる。

それは雨柳も同じで——桐弥と目を合わせた途端に、ごくりと喉を鳴らした。

拳銃を握っていた男は、ベッドの上でゼィゼィと喘鳴を響かせる猪熊と萩宮に目を向けて、焦りの中で徐々に肘を引いていく。そして桐弥から完全に離れると、サイレンサー付きの拳銃に安全装置をかけ、雨柳に向かって差し出した。

「うっ、うぅ……っ！」

ベッドに背中を埋めていた猪熊らにも、その様はどうにか見えた様子だった。無念とばかりに呻いた彼らは、金の指輪が光る手で羽毛布団をギシギシと握り締める。

桐弥はすぐさま雨柳の舎弟に囲まれ、それと同時に水無月が外へと連れ出された。

「——雨柳さんっ」

椅子から解放され、馴染みの面々にしっかりと守られた桐弥だったが、落ち着くことなどまるでできなかった。拳銃を握った雨柳の手を、ひたすら注視し続ける。

「霊代を連れていけ」

雨柳は背を向けて舎弟に命じると、迷わずベッドに向かっていった。

桐弥の胸の中で、不安という名の暗雲が凄まじい勢いで増殖する。

「雨柳さんっ！　やめてください……っ、何をする気なんですか!?　いやっ、放してっ！　下ろしてっ!!」

桐弥は身を乗り出して制止を訴えた。

がたいの大きな小野の手で床から浮き上げられ、軽い荷物のように運ばれながらも、桐弥は身を乗り出して制止を訴えた。廊下の入り口にある扉の枠を掴み、何とか部屋に戻ろうとする。しかしながらどれほど頑張っても、持ち堪えたのは数秒だった。他の舎弟により丁寧かつ強引に指を剝がされてしまい、玄関へと連れていかれる。

「雨柳さんっ!!　雨柳さん——っ!!」

喉が嗄れるほど叫んでも、金属製の扉は容赦なく閉められた。

非常口を示す緑色のパネルが光る廊下は、昼間とは思えないほど暗い。身の毛がよだち、全身の肌を剣山で撫でられるような悪寒が走った。

「——……!!」

エレベーターのドアが開いた時、断末魔の悲鳴が聞こえてくる。

そしてすぐに、静寂が訪れた。

雨柳の舎弟と共に帰宅した桐弥は、制服姿のまま水無月につき添っていた。

階下では雨柳を始めとする幹部達が警察の事情聴取を受けていたが、それは形式的なものに過ぎない。犯人は自首した猪熊会の男と萩宮組の男で決まりであり、動機は組織間に起きた金銭問題による軋轢《あつれき》が原因。本家の人間が止めに入ったものの、間に合わなかったという筋書きになっている。仮に別の実行犯がいたとしても、警察はそれを本気で暴こうとはしなかった。

犯行現場は民間人が立ち入ることのない営業停止中の施設、暴力団員同士による動機のある犯行、そして遺体と実行犯と凶器、さらには複数の目撃者が揃っていれば、速やかに事件は終わる。警察が心配するのは、抗争勃発や緊張状態による民間人への影響であり、大元である鳳城組は、事態を丸く治めるために行動することを強いられるだけだった。

「水無月……」

すやすやと気持ちよく寝ているように見える水無月の顔に、桐弥は団扇《うちわ》で風を送る。

今夜は日本の夏そのもので、湿度が高く蒸し暑かった。それでもエアコンはつけずに、団扇をゆっくりと扇ぎ続ける。

「霊代、代わりましょうか?」

廊下に正座し、障子を少しだけ開けて声をかけてきたのは小野だった。

彼の手でラブホテルから強引に連れ出されたことを思うと、今は無視したい気持ちになる桐弥だったが、雨柳の命令で動いた彼にそんなことをするのは大人げないと思い、「大丈夫」とだけ答える。

「青江の体調の方ですが、兄貴が気にしておられたので伺ってもよろしいですか？」

「警察は帰ったの？　雨柳さんは？」

「はい、今は猪熊会と萩宮組の破門状を作成してます。とはいえトップ二人が死亡した上に主だった幹部は消えましたから、事実上の取り潰しです。霊代の判が必要だとのことですが、いかがされますか？」

桐弥は小野の言葉にぴたりと手を止め、視線もくれずに眉を寄せた。今は何もかもが腹立たしく、感情が激しく昂るのがわかる。顔や手首の痛みが些細に思えるほどに、心臓が音を立てて軋んでいた。

「判はお任せしますと伝えて。それと水無月のことは、倒れたのは注射器の中身が覚せい剤ではなかったせいで、ケシなどのダウナー系の麻薬だそうだよ。多めに投与されたとはいえ呼吸も安定していて危険な状態ではないから、しばらく安静にして様子を見るみたい。念のため今夜はお医者様に泊まっていただいてるし、大丈夫だと思う」

「承知しました。そのように伝えます」

小野が障子を閉めて去った後、桐弥は竹製の団扇を強く握る。

結局すべては雨柳の筋書き通りになっており、状況はそう悪いものではなかった。

リムジンが乗っ取られてからの雨柳の行動は、あまりにも的確で迅速なもので、そもそもの危機管理対策が功を奏していたのである。

多くの人間にとって運転し慣れないリムジンが乗っ取られた場合、運転手がそのまま運転を命じられることを想定して、ハンドル下には緊急用発信機が取りつけられていた。

これは組長殺害事件より以前からの防犯システムで、鳳城組本家のリムジンを一度でも運転したことのある人間ならば、当然知っている物だった。そしてあの事件後、雨柳はリムジンのボディを防弾仕様に改造していたが、手を加えたのはそれだけではなかった。

身内に伝えず、リムジンの鍵に盗聴器と発信機を仕込んだキーホルダーを繋いでいたのである。それも、敵側に渡っても安易に捨てられないよう、大粒のルビーやダイヤモンドを埋め込んだ高価な品にしてあった。

「入るぞ」

桐弥は障子の向こうから聞こえてきた声に、肩でびくりと反応する。

我に返ると、眠る水無月に風を送るのも忘れ、団扇の骨をメキメキと鳴らしていた。

「雨柳さん……っ」

ラブホテルの一室で別れてから、まともに顔を合わせるのはこれが初めてだった。

帰って来た時の様子を二階の窓から見た時は、思わず愁眉を開いたものだったが、今となっては甚だしい不満が残る。

「猪熊会と萩宮組の破門状だが、とりあえずＦＡＸを流した。正式な書状は明日、全国に向けて発送する」

先程までとは違ってコットンのシャツをゆったりと着ている雨柳は、畳を踏んで徐々に近づいてきた。桐弥と目を合わせることはせずに、眠っている水無月の顔を見下ろす。

「着替えたんですね——珍しい感じの服に」

桐弥は他に言いたいことがあったが、いきなり怒鳴り散らしてしまいそうな自分を制するために、重要なことを先延ばしにした。

しかしながら、彼が着替えたことも、普段とは違うタイプの恰好をしていることも、桐弥の怒りと無関係ではなかった。雨柳は警察に対し、自宅同然である本部にずっといたという印象を与える必要があったのである。

「返り血を浴びたからな」

「——……」

桐弥は雨柳の顔を見上げ、彼もようやく桐弥を見る。

布団に横たわる水無月を挟みながら、斜めに繋がる視線が火花を散らした。

無事を喜び合い、恋人同士のように強く抱き合うことなど、とてもできなかった。

「何故、殺したんですか」

親の仇に迫るような気迫で言った桐弥に、雨柳は露骨に眉を顰《ひそ》める。何が問題なんだと言いたげな顔だったが、その実、彼はこうして責められることをわかっていたはずだと、桐弥は悟っていた。

「無抵抗な人間を殺していいと、誰が言いましたか？　父はいつだって、話し合いで事態を収拾してきました。『人間は獣とは違う。言葉があるのに使わないのは愚かしい』と、よく言っていたのを忘れたんですか？」

「『クスリに手を出し鳳城の代紋を穢《けが》す奴は、三度殺しても飽きたらん』とも、仰っていた。あの御大にそこまで言わせるほど、クスリは特別なんだ」

「だから……殺したんですか？」

「そうだ。アイツらに鳳城の名を語る資格はない。生かしておくだけで代紋が穢れる」

「――どんな理由があろうと、人を殺していいはずはありません」

揺るぎない雨柳の態度を見ながら、桐弥はその顔が血を浴びた様を想像する。

実際にどうだったのかは知る由もなかったが、雨柳が猪熊と萩宮を死に至らしめたのは紛れもない事実だった。

雨柳は二人の母体である鳳城の名に傷がつかぬよう、麻薬はもちろん拳銃すらも隠し、二振りのドスのみで制裁を加えたのである。そして凶器を欲しがる舎弟達を差し置いて、金を受け取らずに残った猪熊会と萩宮組の男達に、それらを授けた。

刑務所は極道にとっては箔《はく》をつける絶好の場であり、収監理由によってはエリートコースともいえる。本家の跡目の罪を被りたがる者はいくらでもいるのである。そもそも罪そのものを請け負う人間もいたはずで、雨柳が自ら手を下す必要などまったくなかった。

「貴方は、自分の手でやったそうですね。本当ですか？」

「ああ」

雨柳は悪びれる様子もなく答えると、ポケットに入れていた利き手を出す。夥《おびただ》しい血に塗れたはずのその手を見下ろし、「俺は何も後悔してない」と言い切った。

「——幻滅しました。貴方を好きになりかけていたのに、残念です」

「！」

「貴方はすでに多くの顧問の内約を得て、跡目に立つための地盤を着々と固めています。あの場に於いても、実に鮮やかに形勢有利な立場に立っていましたっ。あんな暴挙に出た二人を破門に追い込むのは簡単だったはずですっ！　殺さなくても済んだのにっ、決してそこまでする必要はなかったのに！　貴方はクスリという大義名分を得たことで、好機とばかりに過剰な制裁を加えたんだっ!!」

桐弥は眠る水無月に構わず声を張り上げ、立ち上がるなり雨柳に迫る。

手の中で音を立てて割れる団扇の骨のように、心がささくれ立っていった。

それは雨柳も同じことで、昂る感情は同調し合う。魂の双子のようにすら思える彼に、殴られるのは覚悟の上だった。

「——……ぅっ、っ！」

桐弥は憤怒を孕んだ雨柳の手で、横面を叩かれた。体が流れるより早くシャツの襟元を鷲摑みにされ、反対側からさらに殴られる。唇が切れても呻いても、止まらなかった。

「ぐっ、ぅ、っ、ぅぐ……ぅっ……！」

浮き上げられて爪先立ちになった桐弥は、血の味の唾を飲む。顔の痛みは怒りに直結して、叩かれれば叩かれるほど激情が燃えた。自分の中にある苛立ちを抑える術はなく、かといって彼に抵抗することもできずに、畳の上を引き擢られていく。

「……ゃっ、ぁ、放してっ……！」

客間には二畳ほどのサンルームがついており、雪見障子で仕切られていた。広くはないその空間に桐弥を引き擢り込んだ雨柳は、雪見障子を閉めるなり手を放す。

「もう一度言う、俺は何も後悔してないっ！」

「雨柳さん……っ」

「害虫の息の根を、確実に止めただけだ」

荒らげた声の次に聞こえたのは、ぞくりとするほど低い声だった。

頭の奥に届くなりビブラートして、桐弥の怒りを揺るがすほど強く響く。

「ぁっ、ゃ、やめ……っ」

制服のズボンから出ていたシャツを引き裂かれ、桐弥は声を抑えながら後退りした。

　ここは二階であり、月明かりに照らし出されたサンルームには、ゆったりとした椅子と嵌め殺しの一枚ガラスがあるだけだった。逃げ場などどこにもなく、水無月のいる和室に声が筒抜けになるのは必然で、その上、雪見障子に影が映っている。

「——……っ、ぁ、ぅ……ゃぁ、っ！」

　壁に乱暴に押しつけられた桐弥は、抵抗したい思いとは逆に硬直した。破れたシャツを中途半端に着たままの状態で、劣情に満ちていく雨柳を辛うじて睨み据える。

「ゃめてっ、放してください……っ、水無月が……っ、ぁ……水無月が……っ」

　喉から無理に絞り出した声だったが、桐弥は極力控えた声量で訴えた。

　ところが口にした途端に、拘束が厳しくなる。剝き出しの肩には爪が食い込み、今にも皮膚が破れそうだった。

「痛ぅ、ぅ……ぃ、た……ぃっ！」

「まだ未練があるのか？」

「——……っ!?　ち、違います……っ」

　桐弥は耳に直接忍んでくる声に鳥肌を立て、首を左右に振りながら血と唾液を嚥下した。嘘などついてはいなかったが、水無月にこんなところを見られるのは堪らなく嫌で——

　精一杯抵抗するものの、首の動きさえ止められてしまう。

「……雨柳さ……っ、ゃめて……やめてください……っ」

獣の如く猛った目で射抜かれると、自分の体に流れる血の巡りを感じられた。

壁に磔《はりつけ》にされた状態でベルトを外され、桐弥の焦りは加速する。声は漏れているのか、影は見えているのか――障子の向こうが気になって、足が竦みそうだった。

「肉を貫く感覚は、セックスによく似ていた」

耳を疑う桐弥の前で、雨柳は口角を上げる。

半面を月光で照らされたその顔は、禍々しいほど色めいて見えた。

「醜怪な猪と枯れ切った蛇だったが、孔を開けて血を噴かせるのは快感だった。火照りが治まらないほどにな」

「雨柳さん……っ」

「……っ、ゃあっ……放してっ！」

「俺は平気で人を殺せる人間だ。高揚感はあっても、罪悪感は少しも湧かない」

桐弥は躍起になって抵抗すると、耳に迫ってくる雨柳の唇から逃げた。

すると彼は、「俺が怖いか？」と、笑いながら訊いてくる。

髪を摑まれ、壁に後頭部を押し当てられた桐弥は、自ら進んで彼を見据えた。

「――……」

乱暴に扱われて痛みを感じても、鬼気を帯びた顔を目の当たりにしても、雨柳に対する恐怖を自らの中に見出すことはできなかった。

代わりに見つけたのは、怒りに限りなく近い悲しみと、著大な安堵感——そういった相反する感情が入り混じる。今この瞬間に白黒をつけることのできない、正体不明の憂いが胸に満ちていた。

「大人しくしていろ。酷くされてヒィヒィ泣きたくないだろう？」

「いっ、ぁ……っ！」

心とは裏腹に体は身勝手に反応して、押し当てられる昂りの熱さに翻弄される。熱は単に移るのではなく伝染していき、殴られた顔よりも脚の間が熱くなった。

「は……ぁ、ゃっ、ぁ……っ」

耳朶《じだ》を噛まれながら胸の突起を摘まれると、スイッチを入れられたかのように鼓動が弾ける。毎夜雨柳に抱かれ続けた体は、最早桐弥だけのものではない。雨柳の思うままに熱を発し、吐息を漏らし、昂ってしまう。

「——濡らせ」

耳朶を掠めながら命じてくる唇の動きを感じ、桐弥は膝をがくがくと震わせた。恐怖ではなく快楽と、その快楽に抗おうとする理性が闘って、そんな現象が起こる。

雪見障子の向こうからは何の音も聞こえず、水無月がどういう状態にあるかはわからなかった。沈黙を都合よく捉えていいのかどうか迷いはあったが、桐弥は現状を信じて次の行動に出る。逃げることなどできないことは、考えるより先に承知していた。

「――……っ、ぅ、ぐ……っ」

力が入らない膝を床につき、雨柳の前を寛げて欲望を食む。

指を添え、見事に張り出したエラを唇の上下で挟み込んでは、硬く膨らんだ血管を舌で舐め上げげた。彼の体を巡る熱い血は苛烈な勢いでそこに集い、天を仰いでいる。尖らせた舌先で血管をいくら凹まそうとも、弾き返されるばかりだった。

「んっ、ぅ、く……ふ……っ、ぅ……！」

大きく頬張ると、舌を使う余裕などなくなる。動かし続ける自分の手に顎を打たれながら、桐弥は涙を逆らせた。今こうすることの意味がわからず、屈辱に涙が溢れる。初めて彼のここに口づけた時は、こんな気持ちにはならなかった。

「――……ッ！」

「んっ、うっ、ぅうぅ――っ」

まるで心臓のようにドクドクと脈打つそれに、喉の奥を思い切り打たれた。

見なくてもわかる色と、嗅がなくてもわかる匂いを想うだけで、制服のズボンがきつくなっていく。もう嫌だ、終わりにして――と願いながらも、パブロフの犬のように反応してしまうことが、堪らなく悔しかった。

口を塞がれ精液を強引に飲み込まされた桐弥は、壁に押しつけられた状態でかつてないほど深く雨柳に突き上げられた。開いた両膝を肩に抱えるようにしながら、解されてもいない秘孔を強引に抉じ開けられ、奥のさらに奥を暴かれる。

「ひあああぁぁっ……ぅあぁっ……！」

水無月が隣にいることも、ここが組本部だということも、頭の片隅にしっかりと残っていた。けれどどうしようもなく、抑えきれない悲鳴と嬌声を響かせる。あまりに荒々しく貫かれるあまり、津波にさらわれた小舟のように、前後も上下もわからなくなっていた。

「も……ぅ、いゃぁ……っ！」

「――……きり……ゃ……っ」

激しい結合の中で、桐弥は雨柳の微かな声を聞き、彼が彼であることを正確に認識する。この数秒の間に、自分に痛みと快楽を強引に与える人物が誰なのか、よくわからなくなっていたことを実感させられた。

「……ぅりゅ……ぅ、さ……っ」

桐弥は無我夢中で彼の肩に縋りついて、シャツの下にある緋牡丹の刺青を傷つけぬよう、指の腹で彼の肉や骨を包み込むように抱いた。

この人は雨柳さんなんだ――と思うと、その声でもっともっと名前を呼ばれたくなり、何度も何度も突き上げられたくなる。雨柳の前では、痛みという感覚さえ別のものに変化しそうだった。

「――……ふっ、ぁ、あぁ――――……っ！」

桐弥は目の前の唇を塞ぎたくて――けれど何も言えず、何もできず、沈黙のまま絶頂を迎える。

嬌声すらまともに出せず、破れたシャツにパタパタと飛沫を散らせた時、体内の雨柳の分身が凶器となった。まるでサイレンサーを取りつけた銃のように、音はなくとも殺傷能力を感じさせるほどの衝撃が襲ってきて、秘洞の奥に白い弾丸を撃ち込まれる。

それは当たった先でじわじわと溶け、頭の中を真っ白に染め上げていった。

「……ぁ、は……ぁ、ぁ……っ!!」

「――桐弥……」

汗ばんだ背中が壁に再び当てられても、律動は止まなかった。

桐弥もまた、引き寄せた彼の体を放しはしない。ハァハァと淫らな呼吸を雨柳と重ね、その肩に溢れる涙を染み込ませた。


闇がわずかに薄まり始めた頃、桐弥は布団に寝たまま瞼を上げる。真っ先に見えたのは一枚ガラスの向こうにある空で、紫紺に灰を混ぜた濁った色になっていた。目覚めてから数秒の間は夕方の空だとばかり思っていたが、明け方に向かいつつある空だと気づく。

「桐弥さん」

窓の反対側から声が聞こえてきて、桐弥はまどろみから一転――頭から氷水を浴びたような心地になった。まさか、まさか、と否定したい思いで首を動かすと、自分が寝ている布団の横に、水無月が正座していた。

「！」

桐弥は彼の唇が動く寸前に、反射といえる早さで現状を知ろうとする。

自分が寝ているのは、水無月が寝ていたはずの布団だった。彼のために用意した水桶の位置が変わっており、水無月の手元に移っている。額には絞った手拭が張りつき、下着こそ穿いていなかったが、浴衣はしっかりと着ているようだった。先程目にした窓はサンルームの窓で、仕切りの雪見障子は開いている。

「……っ、な、なんで……っ！」

何かを喋り出そうとした水無月より先に、桐弥は悲痛な声を上げた。掛け布団が裏返る勢いで飛び起きて、鼻を掠めながら落ちた手拭を握り締める。

雨柳が猪熊や萩宮を殺害したことも、それを咎めた自分を暴行したことも、学校の敷地内で拉致されたことから始まるすべてが夢だったのかもしれないと――そうだったらどれほどいいだろうかと、全身全霊を込めて真摯に願った。

　さながら喉に残る青い味は無視できず、あわいや背中の痛みは、雨柳の暴挙を物語っている。散々殴られた頬や切れた口内が腫れているらしく、普段は感じられない粘膜が歯に当たっているのがわかった。

「桐弥さん、いえ霊代……熱があるようなので、解熱剤を飲んでもらえますか？　錠剤しかなかったんで、起きられるのを待ってました」

　水無月は痣や傷だらけの顔をして、心配そうに眉を寄せる。水桶の側にあった丸盆からコップと薬を手に取ると、桐弥にそっと差し出した。

「いっ、いやぁぁぁ――っ!!」

　桐弥は水無月が絶句するほどの声で叫び、ガラスのコップを強かに打ち飛ばす。それは布団の上に水を散らせながら、畳の上をどこまでも駆けていった。

「桐弥さんっ!?」

「いやっ……ぃやぁぁぁ――っ!!」

「落ち着いてくださいっ！　どないしはったんですかっ!?」

　布団から立ち上がろうとした桐弥は、水無月の両手で肩をガッ！　と摑まれる。思い切り振り上げようとした手は、彼の腕に阻まれた。

「――……見ないでっ!!」

　桐弥は俯くなり低く叫んで、水無月の手を渾身の力を込めて振り払う。

自分はいつの間に気を失ったのか、水無月はいつから目を覚ましていたのか、浴衣を着せてくれたのは誰なのか、雨柳はどこへ消えたのか——考えるだけで頭痛と吐き気がした。答えは何も知りたくなくて、これ以上視線を浴びるのが辛かった。


「うっ、ぅ……っ」

「頭が痛むんですかっ⁉」

「もう放っておいてっ‼」

「桐弥さん……っ」


雨柳に対する怒り、水無月に対する羞恥、その二つが折り込まれた桐弥の心は、限界の所で辛うじて正気を保っていた。泣き出すのを堪え、絶叫を抑えて、小刻みに震える体を自分の手で包み込む。

「どうか……落ち着いてください」

胸元で交差させた手に、水無月の指が重なって——この上なく丁寧に撫でられた。優しさのすべてが容易に感じられるような接触に、かえって涙を誘われる。


「……っ、ぅ……もう、いいから……っ、独りに……独りにして……っ」

「補佐が一番許せなかったんは、桐弥さんを拉致したことやと思います」

「——……水無月っ」

「なんとか動けるようになりましたんで、さっき事務所に顔出して色々聞いてきました。

自分の考え、聞いてもらえますか？」

彼は退室を命じた桐弥の言葉に逆らい、手や腕を擦ることを止めようとしなかった。

俯いていた桐弥が戸惑いつつ顔を上げると、承諾と捉えた様子で唇を開く。

「！」

水無月が言葉を紡ごうとした時、突然大きな家鳴りが割り込んだ。

誰かがミシミシと床を鳴らしながら廊下を歩いてくるのがわかり、桐弥と水無月は身を離す。二人揃って障子に顔を向け、開かれようとする空間を注視した。

「お話し中すまんが、ちょっといいかな」

しわがれ声と共に現れたのは、懇意にしている町医者だった。

鳳城組は大きな私立病院とも縁故があったが、表立って医者にかかれない事情がある場合は、老齢のこの医師に世話になっている。

「下の客間で寝かせてもらってたんだが、若い衆に起こされてね。あんたが起きるなりうろうろしてると聞いたもんで飛んできたよ。とりあえず脈を測ろうかね」

「先生……すんまへん、結構平気やったんで」

「わけのわからんクスリを打たれたんだ、油断も無理もいかんよ。ほらその唇、お見事なくらい真っ青じゃないか」

畳の上を歩いてきた医師の言葉に、桐弥は目をしっかりと見開いて水無月の顔を見る。

自分のことで頭がいっぱいだったのを思い知らされるほど、彼の唇は青かった。表面は白っぽく乾いており、目の下は黒ずんでいる。

「水無月……っ」

部屋は主照明が点いていないため仄暗く、その上水無月の顔は殴打傷に塗れていたが、それにしてもこれほど酷い顔色に気づくことができず、自分のことばかり考えていた薄情な行いを、桐弥は心の底から恥じた。

「さあさ、座ってないですぐ横になんなさい。いやしかし坊ちゃんも具合が悪そうだな。布団は一つしかないのかね」

「僕は平気ですっ、もう自分の部屋に戻りますので、水無月をお願いしますっ」

桐弥が声を上げるとすぐに、水無月は桐弥の腕を摑む。そしてすぐさま、医師に向かって深々と頭を下げた。

「待ってください！」

「先生、えろうすんまへんっ……けど今、どうしても桐弥さんにお話ししときたいことがあります。五分、いや三分でええですから、お時間いただけないやろかっ」

水無月は顔色こそ悪かったが、よく通る声で言い放った。

畳に膝をつこうとしていた医師は動きを止め、目を丸くしながらも嫌な顔はせずに笑う。

「一服して出直すとしますか」と呟くように言うと、来た道を去っていった。

「水無月……お願い、もう寝て。いったいいつからそうやって起きて……」

「桐弥さん聞いてください、大事なことです」

障子が閉まるなり早口に喋る水無月を見据え、桐弥は息を殺す。いつになく強引な彼が何を伝えようとしているのか、考える余裕すらなかった。

「兄貴達は、補佐があそこまでしたんは御大の仇打ちやて言うてました。けど自分は違うと思ってます。補佐が殺しまでしたんは、御大の仇打ちでもクスリのことでもなく、全部桐弥さんのためや」

「僕の……？」

「貴方を危険に晒したあの人らを、どうしても許せなかったんやと思います」

勢いよく、そして力強く話した水無月は、掴んでいた桐弥の腕を解放する。

ところが、握る物を無くすなり指は手首ごと激しく痙攣し始めた。彼自身それに驚きながら、代わりに布団の角を強く握り締め、どうにか症状を抑える。

「……僕はっ、大した怪我もなくて……あの時にはもう安全な所にいたんだ！　そこまでする必要なんてなかったのにっ、あんな報復を……する必要なんて……」

桐弥は向けられた言葉に動揺しながらも、水無月の震えを止めるべく拳に手を添えた。

何をすればよいかわからなかったが、彼が先程してくれたことを真似て擦り続ける。

「補佐は、行方不明になってた間もずっと、クスリのことを調べてたんです」

「……え？」

それは桐弥にとって、まったく予想していなかった言葉だった。これまでの話と脈絡があるのかないのか読めないまま、水無月が放とうとしている次の言葉を待つ。

「この話は小野の兄貴から聞きました。四十九日の法要の際に行われる幹部会で、霊代が跡目を指名するのでは遅いと——補佐は思っていたそうです。元々株で大損をしているわりには金回りが妙にいいことがあって、補佐はあの人らを疑ってはった。せやから、早い時期に完全に失脚させるネタを掴みたかったんです。そうしないと昨日のように桐弥さんが危ない目に遭う危険があるて、わかってたからやと思います」

桐弥は水無月の言葉にさらに驚き、殴られて腫れぼったくなっている目元や、乾いた唇に釘づけになる。「僕が、危ない目に？」と鸚鵡返しにすると、彼は深く頷いた。

「桐弥さんは補佐がいなくなった時に命の心配をしてはったけど、兄貴らも自分もあまりそういう意味での心配はしてませんでした。補佐がいるからこそ金が入ってくるってことは誰もが知ってることやし、若頭が跡目の座に就くにあたって狙うんは——補佐やなくて桐弥さんの方や」

「————……！」

考えてみれば、猪熊は元々雨柳を排除する気はなかったのだと——桐弥は初七日の夜の、猪熊とのやり取りを思い返す。そして猪熊は賭場に興味がなく、広域の傘下に入りたいと考えていたはずだった。

桐弥がいなくなれば鳳城組は賭場を開けなくなり、これまで貸元を務めてきた雨柳は賭場への執着を絶たざるを得なくなる。さらに雨柳を跡目に推挙する霊代もいなくなって、猪熊にとっては一挙両得だった。

「桐弥さんは補佐の身ばかり心配して、御自身への危機感はあまり持ってないようやったから、これ以上余計な負担をかけないよう……桐弥さんにやたらと危険危険て言わないようにと、口止めされてました」

一部が切れた唇に赤い線のようなかさぶたのできている水無月は、痛むらしい顔を時折顰めながら語った。さながら受けた痛みは桐弥の方が何倍も大きく、堪えていた涙が次から次へと溢れてしまう。

「桐弥さんっ」

「――……僕に、負担をかけたくないと思うなら……本当のことを言えばよかったのにっ、僕の身の方が雨柳さんの身より、危険だと、気づかせてくれてたらっ……その方がずっと気が楽だったのにっ！」

両親が殺されてから先、桐弥が一番恐れていたことは雨柳の死に他ならない。思慮分別もなく杞憂に明け暮れていたことを考えると、時間を巻き戻したい思いに駆られた。

「雨柳さんに、酷いことを言ってしまったけれど……本当は、あの人を責めたいわけじゃなかったんだ……っ、自分でもわからなかった苛立ちの答えが、今になって見えてきた」

話せば話すほど涙が零れ、散々打たれた頬に涙が沁みる。皮膚がピリピリと痛みを訴えるのも構わず、桐弥は水無月の肘を強く摑んだ。

「あの人達が殺されて確かに驚いたけど、でも心の裏側では……ほっとしてたんだ」

「桐弥さん……」

「クスリに手を出していたとはいえ、生まれた時から知っている……実の叔父のような人が亡くなったのに、僕は結局、これで雨柳さんの身に危険がなくなるって、そう思って、人心地がついたんだ。でもそんな非人道的な考えをしている自分を認められなくてっ……雨柳さんを酷く責めて、自分だけ……まともな振りをしてたのかもしれない……っ」

桐弥は水無月に向かって嗚咽混じりに告白し、雨柳が自分と同じ気持ちであったことに思い及ぶ。人を殺めるという罪を抱えてまで、この先降りかかるかもしれない危険を排除してくれた雨柳の心に、静かに想いを馳せた。

「桐弥さん……」

水無月は桐弥が摑んでいる肘から下を動かすと、桐弥の手を丁寧に剝がす。まだ痙攣を繰り返している指先で、両手をしっかりと包み込んだ。

「補佐が桐弥さんに酷く当たるんは、ほんまに辛いです。生意気な話やけど、立場関係なく憤りを感じます。けど、補佐が誰より貴方を愛してるんは、紛れもない事実や」

「――……水無月」

口にするなり彼の手に落涙しかけた桐弥は、布団に伏せって咽び泣きたいのを堪える。息を殺し、涙を一粒でも押し込めようと努めた。

「そうやなかったら、自分はいつまでも、諦められへんかったと思います」

言葉とは裏腹に、映画館で終わらせたはずの恋は、水無月の瞳の中で今も息づいている。果たして自分はどうなのかと考えた桐弥は、目の前の彼が微かに苦笑するのを目にした。最早雨柳しか見えていない目をしているのだろう――と、自分でもわかった。


夜が明ける前、桐弥は独り国道沿いの歩道を歩く。半袖のシャツを着ていても生暖かく感じる排気ガス混じりの空気を切りながら、独りでこうして外を歩くのはどれくらいぶりかと考えた。絶対だと言い切れるほど正確な記憶ではなかったが、小学生の頃に近所の書店に行ったのが最後のような気がしてくる。

(――たぶん、雨柳さんが若頭補佐になったあたりから……)

ある日突然、ボディーガード無しでは一歩も外に出てはならないと親に言われ、その時は別段深く考えることもなく承諾したものだった。けれど成長するにつれ、ボディーガードが常についていることを息苦しく感じたり、恥ずかしく感じたりするようになった。家族を巻き込む抗争などまず考えられない関東極道でありながら、何故そこまでするのかと不思議に思って、母親に訊ねたこともある。

『門に極道一家と書いてあるわけじゃないでしょう？　普通の裕福な家の息子と思われて、狙われることも考えられるわ。近頃は外国人による犯罪も増えているし、極道の息子だから誰も手を出さないなんて、安心しちゃいけない時代なのよ』

桐弥はかつて耳にした言葉を反芻して、あれは雨柳の提言だったのだと悟る。

今こうして、屋敷の裏庭の隠し扉から人知れず抜け出し、たった独りで外を歩いていることを知ったら、彼は怒るに違いないと思った。

「……ぁ……雨？」

車のまばらな車道を横目に歩いていると、ポツポツ降り出す雨に打たれる。

事務所に詰めている組員達に見つからぬようこっそりと出てきた桐弥に、天気予報を見たり傘を持って出たりする余裕などあるはずもなく、シャツは徐々に濡れていった。

車で五分の道程を延々と歩き続けるうちに、雨は本降りになる。

雨柳のマンションに着く頃にはしとどに濡れて、髪は洗ったようになり、シャツは絞れそうな状態になっていた。夏とはいえさすがに冷えて、元々発熱していた体に悪寒が走る。

肘から下には鳥肌が立っていた。

「――桐弥です。開けていただけますか?」

エントランスで部屋番号と呼び出しボタンを押した桐弥は、雨柳が一言も喋らぬうちに名乗った。

回線は通じており、こちらの様子が見えているはずだったが、彼は何も言おうとしない。

ロックを解除された自動ドアが開くと、プツッ……と回線の切れる音がした。

(――開けてくれた……)

雨柳が怒るのは当たり前だと考えていた桐弥は、会話にならなかったことなど気にはせず、ロックを解除してもらえたことに大きく息をつく。

エレベーターに乗りながら雨柳の怒りの理由を一つ一つ振り返って、どう謝るべきかと言葉を探した。

自分を真人間に見せたいばかりに雨柳を責めてしまったこと、誰かに心配をかけるのが明らかでありながら組本部を抜け出してしまったこと、風邪など引いている場合ではないのに、熱っぽい体で雨に打たれたこと――そしてさらにもう一つ、謝らなければならないことがあった。

一番伝えたい言葉を頭の中で繰り返すうちに、外の景色が変わっていく。

雨柳が暮らすマンションのエレベーターは、一面のみガラス張りになっており、外から中は見えないが、中からは街並みが見えるようになっていた。犇めき合うビルの谷間から日の出の光が覗き、空の色は一瞬にして塗り替えられる。

それと同時に、エレベーターは最上階に到着した。

「桐弥っ！」

外を見ていた桐弥が到着を告げる音に振り返ると、左右に開いたドアの向こうから声が聞こえてきた。

桐弥は雨柳の姿を目に映すよりも早く、彼の声だと認識する。怒りよりも、驚きを強く感じる声だった。

「お前っ、何やってるんだ！　独りで来たのかっ⁉」

「雨柳さん……」

エレベーターホールに彼が迎えに来ているとは夢にも思わず、桐弥は困惑気味な雨柳を前に呆然としてしまう。踏み込んできた彼に腕を引っ張られても、バスタオルを手にしているのを見ても、彼の考えていることがわからなかった。

「独りで来たのかっ⁉」

タオルで肩を包むようにしながら同じことをもう一度訊いてきた彼に、桐弥は頷く。

濡れた頬や髪を拭われ、柔らかなタオル越しに手の大きさを感じた。

「こんな雨の中を、傘も差さずに独りで……何を考えてるんだっ！」

「──雨は途中から降ってきて……」

「話は後だ、とにかく来いっ」

「ぁっ……」

桐弥は強引に肩を押され、ぐいぐいと腕を引かれる。

最上階にある二部屋のためだけのエレベーターホールを抜けて、共用廊下に出た。

いつもその辺りにいるはずの見張りの姿はなく、奥にある雨柳の部屋のエントランスが見えてくる。

明かり取りになっている吹き抜けの天井からは清浄な朝の光が注いで、門扉の先にある緑を生き生きと照らし出していた。

「濡れた服を脱いですぐに風呂に入れ。着替えは何とかする」

「いえ、そういうわけにはいきません」

玄関で靴を脱ぎながら言った雨柳の背中に向け、桐弥は強い語調で言った。

彼は桐弥が指示に従うとばかり思っていたらしく、今はすでに手を離している。

「桐弥……」

「僕は謝罪のためにここに来ました。これ以上、ご迷惑をおかけする気はないんです」

「謝罪だと?」

雨柳は廊下の途中で足を止めると、問いながら振り返った。

洗い髪を簡単に乾かしたような髪型をしており、前髪が下りて普段よりも若く見える。夏物の白いコットンシャツの肩からは、緋牡丹の刺青が薄桃色に透けて見えた。

「酷いことを言ってすみませんでした。貴方の気持ちも考えずに無神経で自分勝手なことばかり言ってしまって、とても後悔しています」

「――そんなことを言うために来たのか？　しかもこんな時間に、独りで」

「大きな危険は、もうなくなりましたから」

桐弥は扉を背にして立ったまま、靴を脱がずに左右の指先を握り合わせる。

今になって、拉致された時のことが順序立てて思い出された。

雨柳がいなかったら今こうして絡ませている十指のどれかは存在せず、痛みにのた打ち回っていたかもしれなかった。もしくはすでに殺されて、どこかに埋めるなり沈めるなりされていた可能性もあった。

「貴方が、安全をくれたから……独りで、歩いてきました」

いつも守られてきたことを胸に刻み、心の内にある感謝の気持ちを精一杯伝えようとしながらも、過ぎた恐怖が急速な勢いで蘇ってくる。身も声も震えて、目の前に立つ雨柳の姿が霞んでいった。

「雨柳さん……」

雨水を拭った頬が熱い涙で濡れると、叩かれたことを思い出すほどひりひりと痛くなる。

素直に愛し合うことのできなかった時間を惜しく感じて、彼に触れたい想いが募った。

「桐弥」

手を伸ばすまでもなく、雨柳の両手で抱き止められる。

ただそれだけで、彼に出逢えた運命と愛された幸運を、骨の髄まで味わうことができた。

「雨柳さんっ、ごめんなさい……いつも、覚悟が足りなくて……ごめんなさいっ、本当は、モラルとか……どうでもよかったのに……っ」

話そうとすれば話そうとするほど涙が溢れて、雨柳のシャツに染みていった。きちんと謝らなくてはと思っても、声が詰まって自由にならない。背中に回した十本の指で雨柳の体温を感じ、骨や筋肉を辿ることしかできなかった。

「謝らなくていい」

「雨柳さん……っ、雨柳さん……」

名前しか口にできなくなった桐弥は、合わさった雨柳の胸が上下するのを感じる。

大きく呼吸した彼は何かを言おうとしているようだったが、結局何も言わず、その代わりのように両腕に力を込めた。

「——雨柳さん……」

桐弥は雨柳の胸に耳を寄せ、沈黙の中でトクトクと鳴る心音を聴く。

そうしていると、炙《あぶ》り出されるように自分の心が見えてきた。

跡目候補であり、今や肉欲の対象にまでなってしまった彼のことをどう思っているのか、曖昧だった部分が明確になっていく。組にとって必要な身だから欲しているのか、凄絶な快感を与えてくれる体だから欲しているのか——桐弥にとって雨柳はあまりにも存在価値がありすぎて、これまでは純粋な想いだけを抽出することなどできなかった。

「……僕は貴方に、嘘をついたんです」

彼をどう思っているのか、自分の胸に問い質してみると、愛している——と、躊躇わぬ勢いで答えが返ってきた。

頭の中が雨柳への想いで埋め尽くされ、他の物をすべて押し退けていくイメージが浮かぶ。たとえそれが反社会的な考え方であろうとも、どれほど罪なことであろうとも、この気持ちと比べたら些末なものに思えた。

「貴方を好きになりかけていたなんて、嘘です。もうとっくに、好きになっていました」

「桐弥」

まだ少し腫れている顔を雨柳の手で上向けられ、桐弥は真っ直ぐに彼を見上げた。

同じ時代に生まれ、出逢い、互いに惹かれ、こうして触れ合えることを感謝する想いが膨らみ切って、謝罪のための言葉を見失う。

「——貴方が好きです」

一番言いたいことを口にしてしまうと、続きはもう何も出てこなかった。

タオルに包まれた肩や首に、負荷がかかるほど重い口づけを受けて——燻っていた物が一気に燃え上がる。雨柳と今こうしていられるなら、いつの日か地獄に堕ちても構わないとさえ思えた。

「……ぅ、っ……ん、っ」

二人は顔を斜めにして無我夢中で唇を吸い、シャツの上から腕や背中を掻き毟《むし》るように抱き合う。絡めた舌を通じて、別の人間だとは思えないほど同じ気持ちを分かち合えた。

愛していることも愛されていることも、何の疑いもなく信じていられる悦びに、冷えていたはずの体が再び発熱する。

「雨柳……っ、さ、ぁ……っ!?」

靴を履いたまま膝を浮かせるように抱き上げられて、桐弥はビクンッと身を震わせた。

今自分がしたいことも彼がしたいことも同じであり、言葉では表現できない想いを体に乗せて伝えたくなる。もう十分にわかり合っていても、確かめる必要がなくても、繋げた体で執拗なほど愛を叫びたかった。

「桐弥……っ」

「……っ、ぅ、ん……！」

桐弥を抱いたまま廊下を歩いた雨柳は、数歩進んでからもう一度キスをした。そうしていないと呼吸ができないかのように求めて、二、三歩進んではまた啄《つい》ばむ。

「く……っ、ぅ」

桐弥は雨柳の首に手を回すと、身を委ねて唇を受け入れた。表面を軽く合わせるだけの口づけと、濃厚な絡み合いを繰り返しながら運ばれていく。ゲストルームの扉を越えてリビングへ、そして迷わぬ足取りで、ベッドルームへと連れていかれた。

「――……ぁ、は……っ」

ベッドの上に寝かされると、すぐに濡れたシャツを脱がされる。

擦過傷を負った背中が少し痛んだが、妙に嬉しくなって唇の端をわずかに緩めた。

乱暴された体に残る痛みさえも、今は大切な痕跡に思える。生きて雨柳と接触した証であるなら何でもいいと思えて、自分で自分が怖いほど彼が欲しくなった。

「今お前を抱くのは、非情な人間のやることか?」

「!」

おもむろに問われた桐弥は、雨柳のベッドで仰向けになりながら首を横に振った。彼の首筋に手を伸ばし、そっと引き寄せる。

「抱いてくれなかったら、もっと非情だと思います」

何の遠慮も要らないから、今欲しい物を全部くださいと――目と目を通じて訴えた。

その想いは正確に伝わったようで、衣服と唇を奪われ、体を預けられる。

「……っ、ぅふ、ぅ……っ!」

ずしりと伸しかかられて安らぎを感じながらも、脚の間にきた彼の猛りに胸が躍った。

そして髪も体も濡れたままベルトを外され、滑りの悪いズボンを引き下ろされる。

「桐弥……」

下着に触れるなり若干の躊躇いを見せた雨柳の眼下で、桐弥は自分の手でそれを摑む。

背中の下で広がっているタオルを下敷きにしながら、腰を浮かせて脱いでいった。

「雨柳さ……っ、早く……」

下着を脱ぎ切ると膝を摑まれ、脚を大きく広げられる。

すぐに金属の音がして、雨柳がベルトを外したりファスナーを下ろしたりする様子が、目で見なくてもわかった。

「う、ぁ、あ……っ」

あわいにいきなり怒張を押し当てられ、全身が痛みを覚悟する。それでも桐弥にとっては本望で、前戯も優しさも今は要らなかった。如何に求められているか、如何に気持ちが伝わっているかを実感できる性急さにこそ、大きな価値を見出す。

「——……っ、ぃ、ぁあ……っ！」

雨柳に与えられる痛みならば……と恐れなかった桐弥だったが、ほんの数時間前に散々貫かれた秘孔は、攻め込むペニスをじわじわと迎え入れた。中にあった彼の残滓が新しいぬめりと触れ合って、瞬く間に甘い快楽を呼び覚ます。

「あっ、は……ふぁあ……！」

「……ッ！」

波のように打ち寄せてくる雨柳の体に向かい、桐弥はあえて身を伸ばした。

キスがしたくて我慢できずに、苦しい体勢で唇を求める。

「はっ、ふ……っ、ぅりゅ……さっ……」

浮かせた背中を支えられながら唇を重ね、舌を絡め、名前も呼べなくなった。

互いに嬌声も呼吸も封じてまろび合うと、肌や粘膜に意識が集中していく。

繋がる体と蕩ける舌と、肌を求め力強く這い回るそれぞれの指先が——一つになりながらも別の人間であることを堪能し、甚《いた》く感動していた。

8

世間を騒がせた猪熊会と萩宮組の抗争事件から、二週間が経っていた。

鳳城組四代目組長夫妻の納骨を行う四十九日の法要と、跡目が正式決定する幹部会は、数時間後に迫っている。

幹部会では霊代である桐弥が跡目として雨柳を指名することになっているが、それで確実に決定というわけではなかった。異論を唱え、別の候補の名を挙げる顧問や幹部が出た場合は、その場で入れ札を行うことになる。

入れ札とはいわば選挙であるが、万が一そうなったとしても、雨柳が他の有力幹部に負けることはまず考えられなかった。猪熊会と萩宮組が消えてから今日までの二週間で、情勢は大きく動いている。雨柳の若さや、若頭補佐という立場を問題視していた一部の顧問らも態度を変え、唯一無二の跡目候補として、その地位は盤石な物となっていた。

「御迎えに上がりました」

深夜零時、予定より早めに雨柳のマンションを訪れた桐弥は、リビングに入るなり恭しく頭を下げた。雨柳とは組本部で毎日顔を合わせており、このマンションにも人目を憚《はばか》りつつ通っていたが、今夜は特別だった。

「随分と早かったな、少し待っていろ」

雨柳はそう言うと、キャビネットの扉を開けて時計を選ぶ。黒いネクタイを締めながら、法要で身に着ける物として相応しい物はどれかと考えている様子だった。

「――いよいよ、今日ですね」

「そうだな」

今日という日を迎えて互いに思うところがあり、二人は怒濤のように流れた日々を沈黙のまま振り返る。それでも気持ちは行き交って、相手の考えていることが手に取るようにわかった。

「スーツ、着てるだろうなって思っていました」

「すぐ着替えるが、一応な」

雨柳はネクタイを締め終えると、首元をキャビネットのガラスに映して整える。

午前中に行われる法要に合わせて、夜のうちにマンションから本部に移動しておき、今夜は客間に泊まるというだけのことではあったが、雨柳はわずか五分程度の移動のためにスーツに着替えたのである。

幹部会で正式に跡目と認められた者は、その日から本部で暮らすのがしきたりとなっており、明日以降は易々とここに出入りするわけにはいかなかった。桐弥が迎えに来たのもそのためで、これは名称のない一つの儀式といえる。

「今日……いえ、日付が変わったので昨日の夕方になりますが、学校から休学受理の書類が届きました。それを見ていて、やっぱり貴方に訊きたくなって……」

手持ち無沙汰だった桐弥は、リビングの入り口に立ったまま雨柳を見つめた。

危険がなくなったこの二週間は、世間の喧騒とは逆に心穏やかに過ごすことができており、愛情を深めた日々が緩やかに蘇る。

「貴方はどうして、僕に休学を勧めたんですか？　絶対に極道にしようとしていたのに、退学させないのは何故ですか？」

「そんなことを気にしていたのか」

「理由を聞いていませんでしたから」

思い切って訊いてみた桐弥は、彼がごく自然に笑うのを目にした。ただし笑顔というには程遠く、どことなく申し訳なさそうな表情に見える。

「それが姐さんの望みだったからだ。お前をいい大学に入れたがっていた」

「——お母さんの望み……」

「その先に、カタギとしての平和な生活を望んでいたことは承知している。それに応えることはできないが、身の安全が保障された後は学校くらい好きにしろ」

時計を選び終えた雨柳はそれを左手に嵌めながら、桐弥に視線を向ける。何気なくそうしたただけのようだったが、目が合った途端に動きが止まった。

「どうかしたか？」

「いえ……なんだか意外で。僕は貴方を、色々押しつけるばかりの人だと思っていました。昔はそうじゃなかったけど、お父さんが倒れてからは極道極道って……あと打て打てって、とにかく厳しかったので」

「目の前にある天職を認めようとしないお前に苛立ったからだ。覚悟が決まっていれば、空いた時間で学校に通うくらいは構わん。たとえ何を学ぼうと如何なる経験を得ようと、お前の心が賭場から離れはしないことを、今は信じていられる」

雨柳に臆面もなく言われた桐弥は、近づいてくる彼を前に息を殺す。

遂にこの日を迎えた雨柳の目は、これまでとはどこか違っていた。

強い覚悟で固められた精神に、危ういところは少しも見られない。正しく、一家を担う組長の目だった。

「俺は、元々は組長としての御大に惚れていた。だが胴師としてのあの方を知ってからは、むしろそちらに惹かれるようになった。少しでもお役に立てればと思い中盆を目指していた俺を、御大は貸元に指名してくださった」

「雨柳さん……」

組長が胴師という特殊な鳳城組に於いて、若頭補佐でありながら賭場での最高位である貸元の座に就いたことを、雨柳は身に余ることとばかりに語った。

今後雨柳自身が組長となれば貸元を務めるのは自然なことであり、これから先も鳳城の賭場を支えたい思いが、溢れんばかりに満ちていた。

「——だが、賭場には胴師が必要だ。貸元だけではどうにもならない」

「はい、わかっています」

手が届くほど近くに立った雨柳を見上げ、桐弥は込み上げる思いを瞳に込める。この先、彼と共に博徒として生き続けることに、一切の迷いはなかった。

「桐弥、最早多くは望まない。だが一つだけ約束しろ」

「……はい」

「決して、俺より先には死ぬな」

「雨柳さん……っ」

驚く桐弥に指一本触れることなく、雨柳は横をすり抜ける。そしてリビングの扉に手をかけ、「行くぞ」と重らかな声で言った。

最上階にもう一つある部屋で待っていた水無月と、雨柳の舎弟二名と共にエレベーターフロアに立った桐弥は、雨柳の背中をじっと見ていた。

何の追求もしなかったが、切ない想いがしこりのように胸に残っている。

　この二週間、肉体と視線を用いてこれでもかとばかりに愛を深めてきたのは確かだった。けれどその結果、お互いを失うことの憂慮まで強まってしまい、雨柳の心は、ただ生きて傍に――という究極なところに行き着いた気がしていた。それは重なった死と暴力が生む、哀しい変遷に思える。

「霊代、エレベーターが来ましたよ。大丈夫ですか？」

　エレベーターホールの後方に立っていた桐弥は、水無月の声に我に返った。

　後ろに立っていたはずの彼が真横に移っており、痣や傷がすっかり治った顔で心配そうな表情を浮かべている。

　目の前ではエレベーターのドアが開いていて、雨柳と舎弟達が乗り込もうとしていた。

　桐弥は水無月に「大丈夫だよ」と答えると、顔を上げて歩き出す。

「――昼間霊園に行ったのは誰だ？」

　エレベーターのドアが閉まった時、雨柳は前に立つ舎弟らに問いかけた。

　それなりに広い十人乗りエレベーターは奥の一面がガラスでできており、下降しながら夜景が見える。桐弥は五人中四番目に乗ったものの自然と奥に立ち、雨柳と並んでいた。

「俺です。噂には聞いてましたが、日当たり抜群で実にいい場所ですね」

「芝はしっかり根づいていたか？」

「はい、まるでフェアウェイのような……いや違いますね、グリーンって感じでしたよ。

風もよく通るし、見晴らしもいい。最高級庵治石の墓石もそりゃ見事で、素晴らしい艶が出てました」

ドアの前に立っている恰幅の良い舎弟は、腰から上を捻った体勢で快活に話した。

その横に並ぶもう一人の舎弟もやはり恰幅が良く、興味深げに話を聞いている。

一方水無月は、右前方の昇降操作ボタンの前に立っていた。その手で押された地下駐車場のあるB1のボタンのみが、点灯してオレンジ色に光っている。

「いいお墓を用意していただき、本当にありがとうございました」

桐弥は後方で雨柳と二人並びながら、彼に向かって心からの礼を言った。

鳳城組は博徒として戦前から名の通った名門一家だったが、雨柳が現れるまでは実に細々としたシノギしかなく、これまでの墓は人並み程度の物だった。四代目である鳳城桐昌の死をきっかけに新しい墓を作り、先祖をじめじめとした古い墓から移した雨柳の心入れは、実の息子を上回るものがある。

桐弥は、ただ一言「礼には及ばん」とだけ答えた雨柳の横顔を見つめながら、やはりこの人には敵わない――と改めて感じ入る。

四十九日と幹部会が終わって跡目になることが正式に決まった折には、雨柳と共に墓参りにいき、自分の想いを両親に告白したいと思った。

他の住民に停められることなく下降し続けたエレベーターから、夜景が見えなくなる。

二階の時点で木々に遮られ、一階からＢ１に差しかかると、ガラスの向こうは無機質な金属パネルのみになった。

会話が途切れてから地下に下りるまでのわずかな間、無意識に夜景に目を向けていた桐弥だったが、外が見えなくなると共に完全に前を向く。

玄関のチャイムとよく似た音が鳴って、到着を知らせた。

ドアが開く寸前、雨柳の舎弟二人は半歩前に出る。

「んっ!?」

声を上げたのは舎弟達だったが、桐弥も同じく驚いていた。

左右にスライドして開いたドアの向こうは、真っ暗だったのである。

だいぶ離れた所に非常口を示す緑色のパネルライトがあったが、布か何かで覆われているかのように、大部分が隠れていた。

「な、なんだ？　なんで駐車場が真っ暗……っ」

もっとも体格の良い舎弟はそう言って、エレベーターから闇の中へと飛び出す。

するとその瞬間、ズガァァーンッ!!　と、全員の全細胞に危険を知らせる轟音がした。

「――……グッ、アァ……ッ！」

桐弥には悲鳴を上げている余裕はなく、ただ呆然と――耳に響き渡る音と、野太い呻き声を聞いていた。そして、目の前で躍るように倒れる体を見続ける。

再び同じ音が轟き、もう一人の男も激しく呻いた。

間髪入れず、さらなる爆音がエレベーター内に木霊する。

「！」

背後のガラスに亀裂が入ったことを、桐弥は振り返らぬまま感じていた。

隆々とした筋肉や太い骨で構成された立派な体が二つ、目の前で宙を掻き、空気を掴むかのように足掻いているのが見て取れる。二人はぶつかり合い、倒れることに抗い、半回転しながら折り重なった。

「桐弥っ!!」「桐弥さんっ!!」

雨柳と水無月の声が同時に聞こえ、桐弥は雨柳の手に引き寄せられる。

僕達は今、銃撃されているんだ——と完全に悟ったその時、水無月の体が大きく弾けるのが目に飛び込んできた。長い腕が弧を描く様や、指の一本一本まで目に焼きつく。

実際には一瞬の出来事のはずが、まるで映画をスロー再生で観ているかのように、酷くゆっくりとした動きに見えた。

「水無月——っ!!」

自分の声が頭の中に反響すると同時に、さらなる銃声に襲われる。

まるで火箸で刺されたように肩が熱くなり、被弾したのがわかった。

絶叫することさえできないほどの衝撃の中、雨柳の手でしゃがみ込まされた時にはもう、足元が血の海になっていた。背後のガラスの一部が飛び散って、赤い水溜まりの中できらりと光っている。禍々しくも幻想的な光に縋りたいほど、この現実は悲惨過ぎて、受け入れ難いものだった。

「桐弥……っ、桐弥……!!」

「——……ッ、ゥ……グ!!」

聞こえるのは雨柳の声と、激痛に悶える水無月の声だけだった。

隠れなければいけない、逃げなければいけないという本能が壮絶な勢いで稼働しているものの、実際にはどうにもできない。エレベーターの中は煌々と降り注ぐ灯りに照らされており、銃を構えている誰かは暗がりにいる。

雨柳は桐弥を庇って伏せながら、片手を側面の操作パネルに伸ばして、『閉』と書かれたボタンを激しく叩いた。けれどドアは、ほんの十数センチ動くばかりですぐに開いてしまう。折り重なって倒れている二人の男が障害となって、思惑通りにはいかなかった。

「雨柳さんっ!?」

耳を劈《つんざ》くのが何発目の銃声なのか、すでに数えていられなくなった桐弥は、雨柳に視界のすべてを塞がれる。地下駐車場も、倒れる水無月の姿も、まるで見えなくなった。

「雨柳さんっ!?　雨柳さんっ!!」

頭も顔も彼の胸に、痛いほど強く引き寄せられながら――桐弥は彼の身に起きた異常な事態に瞠目する。この状況そのものが異常過ぎるほど異常であることは確かだったが、今は雨柳の体そのものに何かが起きたことを、はっきりと感じ取れた。

「――……ッ!!」

「雨柳さんっ!!」

連続していた銃声は止み、その間に五感が現状を摑み始める。

桐弥は自分に覆い被さる雨柳のシャツが生温く濡れていることや、真っ赤に染まっていること――彼が背中を撃たれ、その弾が腹部から貫通したこと、これが夢ではない現実で、彼の命が危険に晒されていることを認識した。

「……いっ、いやあぁぁぁ――っ!!」

銃声を超えられそうな気のする自分の絶叫に、恐怖は一層膨れ上がる。

辺り構わず「退《ど》いてっ！」「雨柳さん退いて――っ!!」と叫びながら、彼に守られているという状況を逆転させようと必死になった。死にたくないという本能も、逃げたい隠れたいという本能も、簡単に砕けるほどの切望だった。

「――……いやあぁっ、いやぁぁぁっ!!」

最早まともな言葉にならず、桐弥は尋常ならざる奇声を上げながら、雨柳の体を後方に寄せようとする。彼は激しく抵抗していたが、桐弥はどうしても位置を換わりたくて堪らなかった。他のことはどこかへ飛んでしまい、とにかく雨柳を守りたくて——これ以上、弾がその身を掠めることすらないように、盾になりたかった。

「——誰……だっ……」

銃声が止んだ空間に、雨柳の声が響いた。

彼は血に染まる床に膝をつき、桐弥を頑なに庇ったまま顔だけを闇に向ける。

「雨柳さんっ……退いてっ！　お願いっ……退いてぇ——っ!!」

ドアの閉まらない明るい六面体の中で絶体絶命の状況にありながら、雨柳と桐弥は互いを庇おうとして、渾身の力を向け合っていた。どれだけ気が動転していても、ただひたすらに我こそが——と、前に出ようとした。

「……ウ、ゥッ……！」

桐弥は肩の痛みも顧みずに雨柳の胴体を横にずらし、彼と共に駐車場に目を向ける。するとその数秒後、闇の中にわずかに見える人型のシルエットが、大きく動いた。コンクリートに向かって何か大きな物が落ち、ガコォォン！　と音が響く。

（ヘルメット……）

桐弥は男性と思われる骨格の人物が、ヘルメットを脱ぎ捨てたのだとわかって——両親が殺害された日のことを忽ち思い出す。悪夢を呼び覚ますその連想は、雨柳の中でも働いているに違いなかった。

「──誰、なん……だ……？」

雨柳は拳銃など所持してはいない。エレベーターの入り口が舎弟や水無月に塞がれており、こちらばかりが明るい今の状況で、できる反撃は何一つなかった。犯人に背を向ける形で桐弥の身を隠し続けながら、血と汗を滴らせる。

「誰っ⁉　貴方が僕の両親を殺したんですかっ⁉」

桐弥も黙ってはいられなかった。疑問符をつけながらも、今はほぼ確信している。猪熊や萩宮が死んだことで、すべては終わったと思っていた。無論実行犯が生きていることはわかっていたものの、極道の世界に生きる雨柳や桐弥にとって、実行犯そのものに制裁を加えるということは、それほど重要なことではなかった。命じた人間を潰すことが何よりであり、直接撃った人間が生きていたとしても、その後の危険はないはずだった。

「──まだわからないんですか？　僕ってほんと、信用されてるんですねぇ」

ヘルメットを取って小さくなった頭部から、聞き覚えのある声が聞こえてきた。

「……‼」

桐弥は雨柳よりも一瞬遅れてその声の主に気づき、戦慄を覚える。

若々しく、どこか好感の持てる愛嬌のある声──それは紛れもなく、雨柳の弟分であり、今や赤松組若頭補佐を務める美吉野桜太の声だった。

雨柳は桐弥の顔に押しつけた胸を大きく上下させ、その衝撃を明らかにさせる。声などとても出せない様子で、桐弥を抱き締めたままシルエットを凝視し、固まっていた。

「どうして……貴方が……っ」

桐弥は雨柳の背中に手を回し、上着を引っ掴みながら声を震わせた。

エレベーターのドアばかりが勝手に動き、少し動いては舎弟の体に当たって、再び開く。

桜太の影が足音を立てて近づいてくるのと同じペースで、雨柳の背中と腹部からドクドクと血が溢れ出ていた。桐弥の鼓動はそれらの何倍もの速さで鳴り続け——そこに、弾を補充し終えた音が割り込む。

「やっ、やめて……っ！　雨柳さんを撃たないでっ!!」

「やあ久しぶりだね桐弥くん。お葬式以来だっけ？」

「——……ぉう、た……っ」

「どうしてっ、どうしてなんですかっ!?　どうして貴方が……っ、どうしてっ!!」

エレベーターの光は暗い駐車場へと伸びており、桜太の両脚がその光のラインに完全に入り込む。黒尽くめの体が見え、銃を構える手が見え、そして遂には顔まで見えた。

「どうしてって、そんなの決まってるじゃないか。兄貴が君と結婚したからだよ」

「——……ぇ……っ？」

光を受けた桜太の顔は、笑みと怒りの表情を交互に繰り返し、どちらにもまったく落ち着かなかった。

表情がくるくるとよく変わり定まらないにもかかわらず、瞳孔は一点を捉え過ぎている。どう見ても、正常な人間の目ではなかった。

「だってさ、酷いと思わない？　子供の頃からずーっと兄貴を好きだった俺を遠くにやっちゃって、組長の息子と夫婦とかいってさ、よろしくやってるとかないよねぇ？」

「……桜太……っ」

「桐弥くんもさぁ、組長の息子だから相手にされてるだけとか、気づかないで奥さん面しちゃっておめでたいっていうか生意気だしムカつくし、だからさ、賭場のあった次の日に殺しちゃおうと思ったんだよね。でも君、学校サボったじゃん？」

「！」

桜太は苦々しく舌を打ったかと思うと、突然顎を上げて哄笑する。それでも銃口は雨柳の背中に向けたままだった。駐車場にわんわんと響き渡る笑い声は、彼が笑うのをやめてもなお、木霊し続ける。

「……うちの……跡目争いと……っ、関係、なかった……!?」

「あー、ないない、全然ないね。しょうがないからさ、組長と藤子さんを殺っといただけ。そしたら桐弥くん相当凹むと思ったし、一思いに殺っちゃうより面白いじゃん？　仕上げとしてはさ、やっと頂点極めるって時に兄貴が死んじゃったら——最高だよね、絶望的でさぁ！　そしたらきっと後追い自殺とかしちゃうよねっ？　ねぇそうするよねぇっ!?」

桐弥は呼吸も儘ならない混乱と焦燥の中で、桜太の銃口が狙っているのが雨柳だという事実を理解していた。力を入れ過ぎて肩から血が噴き、目に入りそうになったが、構わずにいっそう力を込める。するとこれまでとは違い、雨柳の体は容易に動いた。

「雨柳さん……っ！」

雨柳の意識はまだ辛うじてあった。しかしながら唇は紫に染まり、目の下には黒ずんだ隈ができている。頬は翳りを帯びて土気色になり、掌で感じる体温は、信じられないような勢いで下がっていた。

「雨柳さんっ！　雨柳さんしっかりして……っ!!」

ずしりと重く伸しかかってくる雨柳の体は、移ろう意識の中にありながらも盾となることに執着していた。桐弥の身を庇うことに全身全霊をかけており、崩れては起き上がり、緩んではしがみついてくる。

「お願ぃ、です……僕を殺したければ、殺せばいい……でも雨柳さんはっ、この人だけは殺さないでっ！　貴方の大切な兄でしょうっ!!　どうしてっ、どうしてこの人を撃てるんですかっ!!」

「極道の仁義に反するとか言いたいわけ？　くだらないよねぇそういうの……だって一度限りの人生じゃん。好きな人の傍にずーっといたいよねぇ？　俺もさ、昔は若かったんだよね。兄貴の役に立てるならいいかなぁって思って赤松にいったけど、間違ってたと思うよ。やっぱ一緒にいて見張ってないとさ、泥棒猫に盗られちゃったりするわけだし。あ、泥棒猫って言えばうちの組長のことかぁ……猫っていうより熊っぽいけど」

「……？」

憎悪に満ちた目をしながらも自分の言葉に失笑した桜太は、何度も開閉を繰り返すエレベーターのドアに近づく。音を立てながらしつこく動くそれをわずらわしいとばかりに睨んで舌を打ち、外側から『開』ボタンを乱暴に押した。そしてすぐさま、眼下で重なって倒れている二人の男達を踏みつける。

「……ゥ、ゥウ……ッ」

「あれぇ……まだ生きてるじゃん。さすがに老いた組長より体力あるねぇ……っていうか、俺より後から兄貴の舎弟になったくせしていつも傍にいてさぁ、あんたらも相当ムカつくんだよねぇ」

ハハッと笑いながら、桜太は銃口を下に向ける。自分が踏んでいる雨柳の舎弟の頭部を、撃ち抜こうとしていた。

「やめてぇぇぇ——っ!!」

桐弥が雨柳の体を後方のガラスに寄せるようにして絶叫した——その瞬間だった。

目の前が一瞬何かで塞がれ、黒尽くめの桜太の姿が見えなくなる。

視界を塞いだのは、これまで入り口付近で倒れていた水無月だった。

その体は暗色のスーツを着ていてもわかるほど大量の血に染まっていたが、桜太に向けて、獣のようにしなやかに飛びかかる。

「うわぁぁぁ！」

「水無月っ!!」

長身で恵まれた体軀を持つ水無月によって、細身の桜太は声を上げながらエレベーターの外へと弾き出される。肉や骨のぶつかる音がけたたましく連続し、コンクリートに組み敷かれた桜太が、水無月に殴られているのがわかった。

「────……は……っ、は……ぁ、は……っ」

過度の緊張と恐怖で息を切らせた桐弥は、体温が低下していく雨柳の体を擦りながら、力いっぱい抱き締める。

出血多量により意識を失った彼は重く、まるで蠟人形のようだった。腹部から流れ出る夥しい血は、それを吸収しきれなくなったシャツを越えて、ポタポタと滴り落ちていた。

「雨柳さんっ、雨柳さん……!!」

桐弥は血塗れの手で雨柳のうなじや頰に触れ、ありとあらゆる神に祈る。どうか、どうかこの人を連れていかないでくださいと──自分の命を捧げる思いで名を呼び続けた。

「ぐはあああぁぁ──っ!!」

「銃を寄越せっ!!」

再び自動開閉するドアの向こうで、桜太と水無月は激しくぶつかり合う。

二人は骨の砕けるような鈍い音を立て、殴る蹴るを繰り返しながら、エレベーターの光が届かない闇の中へと転がっていった。

「！」

桐弥は雨柳の手の跡が残る側面の操作パネルに手を伸ばし、開閉ボタンの先にある非常用ボタンに触れる。簡単に押せないよう四角いプラスチックカバーが被せてあったが、震える指でそれを持ち上げ、赤いボタンを強く押した。

ビィービィーと警報音が鳴り響き、『コールセンターに連絡しています』という機械的な女性の声が二度繰り返される。それでも水無月と桜太の争いは終わらない。桜太の手から抜けた銃が光の中に滑り込むものの、闇で殴り合う二人のどちらが優勢なのかはわからなかった。

「ウッ……グッ……ゴァッ……ゥ……ッ！」

「！」

少しだけ小さめになって鳴り響く警報音の中で、桐弥の血の気は一気に下がる。

聞こえてきたのは激痛と辛苦に悶える水無月の、あまりにも悲痛な声だった。

その直前、ドカァッ!!　と一際大きな音を耳にしており、おそらくは銃弾を受けた箇所を蹴られたのだろうと——その痛みを想像できた。

「……ま、参っちゃうね……しぶといったら、ハハ……ッ」

　立ち上がって光の中に戻って来たのは、傷だらけの桜太だった。

　前歯が二本折れており、ぐらつきながらも抜けず、辛うじて繋がっているという状態なのが見て取れる。彼自身の血だけではなく、水無月の拳から移ったと思われる血によって、頬が赤く濡れていた。

「やめて……っ、やめてぇぇぇ――っ!!」

　桜太がふらふらとしながらも銃を拾うのを目にして、桐弥は膝立ちになって前に進み、両手を広げた。雨柳を死なせたくない一心で、涙が留処《とめど》もなく溢れてくる。

「――こうなると、しょうがないね、順番が違っちゃってもいいやぁ……兄貴を殺すのは、君を殺してから……に、するよ……とにかく、兄貴が生きてると、これ、ずっと続くから、死んでもらわなくっ、ちゃ――」

　ゼィゼィと荒い喘鳴を漏らし、肩や肘を上下させながら、桜太は片手で拳銃を構えた。

　ところが彼が引き金に指をかけた刹那、暗かった駐車場に光が差す。

　起き上がろうとする水無月の姿が見えると同時に、地上からパトカーのサイレンの音が聞こえてきた。

「――……!!」

　光や音に焦りを感じた桜太が、より急いで引き金を引こうとしたその時だった。

桐弥は明るく照らし出された視界の中で、水無月がドスを抜くのを確かに捉える。

声などとても出せず、仮に出せたとしても止めることなどできなかった。生きているのが不思議なほど血達磨になった彼は、矢のような勢いで桜太の背中に向かっていく。

「!!」

鳴り響くサイレンの中、黒尽くめの体から銀色の光が飛び出すのが見えた。

呻くことすら許さぬほど見事に、刃先は心臓を貫いている。

突き刺したまま斜めに抉り、背中側から一息に抜かれると同時に――噴き上がる鮮血のシャワーが、桐弥の視界を占めた。

「――……ぁ、に……」

ぶるぶると痙攣しながら拳銃を落とした手は、雨柳に向けて真っ直ぐに伸ばされる。

断末魔の悲鳴よりも優先された最期の言葉――さながらその声は疎《おろ》か、血の一滴すらも、雨柳に届きはしなかった。

9

八月初旬――延期されていた幹部会が開かれ、霊代の指名を受けた雨柳は、満場一致で跡目となっていた。

しかしながら未だ入院中であり、運び込まれた病院のＩＣＵから移動した後は、かつて鳳城桐昌が入院していた私立病院の特別個室で過ごしていた。

エレベーター内で最初に襲撃された雨柳の舎弟の内、一人は即死、一人は一時重体ではあったが現在は快方に向かいつつある。一方、反撃の正当性が認められた水無月は、銃砲刀剣類所持等取締法違反により身柄を拘束された後、警察病院に入院していた。

またしても世間を騒がせてしまった鳳城組は、関東博徒連合によってその存続を危ぶまれる次第となったが、エレベーター襲撃事件の一部始終は防犯カメラが捉えており、鳳城組が被害者であることはあまりにも明白だった。その結果、連続殺人犯美吉野桜太を擁する赤松組が管理責任を問われ、元々友好関係にあった鳳城組にすべてのシマと組員を譲渡する形で手打ちを行い、解散となった。

襲名式を半月後に控えた雨柳は、鳳城組史上最大の勢力と財力を手中に収め、極道の花道を約束された身となったのである。

「今日は水無月の弁護士に会ってきたんです。もうすっかり良くなっているそうで安心しました。こっそり筋トレしていて看護師さんに叱られたとか」

病室を訪れた桐弥はベッドサイドの椅子を引くと、横たわる雨柳に話しかけた。

顧問や舎弟が見舞いに来ている間は跡目らしい態度を取れる雨柳だったが、見舞い客が帰るとぐったりと寝込んで押し黙ってしまう。今もリクライニングベッドを斜めに上げたまま、背中を深く預けていた。

幼馴染みであり盃上の弟でもある美吉野桜太が、自分に対して尋常ならざる想いを抱いていたこと――そしてそれに気づかなかった結果として、敬愛する組長夫妻や、舎弟を一人失ったこと、それらは雨柳の心を壊すに値する、最悪の遺事だった。されど体裁を繕うだけの精神力はあり、辛うじて表面化を抑えている。

ただし、彼が連日寝込んでいるのはそれだけが原因ではなかった。

エレベーター襲撃事件によって、幹部会だけではなく法要や納骨まで延期となっていたため、後日改めて行われた法要に、雨柳は病院を抜け出して無理に出席したのである。

背中から腹部にかけて貫通した銃弾により内臓を酷く損傷し、絶対安静と言われていた時分の話だった。当然容態を悪化させ、一時は危険な状態に陥っていた。

「今はしっかりと体を休めて、完治したら一緒にお墓参りに行きましょう。これからますます暑くなりますけど、あそこは風が抜けてとても気持ちいいでしょうね」

広々とした病室に桐弥の声が柔らかく響いた時、雨柳は俄かに反応した。窓から桐弥の方へと顔を向け、「納骨の際は儀礼として参列したが、個人的に合わせる顔などない」と、言い切った。

「あの人のしたことで貴方が責任を感じる必要はないって、何度も言ってますよね」

「――責任がないわけがないだろう。自害せずに組を背負うことが何よりの贖罪と考え、あえて生き恥を晒しているだけだ。心配せずとも、俺は跡目として鳳城のためにやるべきことはすべてやる。もう構うな」

情強に言って顔をそむける雨柳を見下ろしながら、桐弥は大きな溜息をつく。

一回り以上も年上のこの男に、何をどう言ったらわかってもらえるのかと真剣に考え、シーツの上の手に触れた。

「！」

彼はすぐさま手を引こうとしたが、桐弥はそれを許さなかった。擦りながら強く握り、再び合った視線をしっかりと繋げる。

「雨柳さん、僕は貴方のそういう気持ちを理解しているつもりです。でも今は桜太さんの気持ちの方がよりわかるんです。だからあの人のこと……恨むのはやめました」

「桐弥っ」

「僕の場合は実際にはできないと思いますけれど、もしも貴方に特別な人ができて、結婚するとかしたとか……そんなことを言われたら、きっとその相手に殺意を覚えます。女の人ならまだしも、相手が同性ならなおさら悔しくて、許せないはずです。好きな人が幸せならそれでいいなんて思えるほど、綺麗な心は持っていません。貴方を独占して傍にいたいという想いは、僕も彼も同じなんです」

雨柳は枕に頭を埋めたまま驚愕し、桐弥の手の中にある指先を強張らせる。以前よりも痩せた顔に戸惑いの色を浮かべながらも、視線だけは逸らさなかった。

「そんなに意外そうな顔をしないでください。まだわかってくれていなかったんですか？　僕はそれなりに現実的で、冷静で平和な今の状況では、『組なんかどうでもいい』とは言えませんし、何もかも投げ出して逃避行とか、そういう思い切ったこともできない人間です。でもあの時は、本当に貴方だけだった。組のことも何もかも頭からなくなって、何を失ってもいいから、ただただ……貴方に生きていて欲しかった」

胸の内をできる限り忠実に言い表した桐弥の前で、雨柳は黙ったまま首を左右に振る。きつく寄せた眉間を摘むように押さえ、喋るのも億劫とばかりに重々しく口を開いた。

「――少し前までどうだったか知らないが、もう終わりだ。俺が桜太を赤松に行かせたりしなければ……いや、せめて本当のことをアイツに話していたら、こんなことにはならなかったかもしれない。俺が至らないばかりに、こんな……っ」

「本当のことって、何ですか？　赤松の三代目に関係していることですか？」

桐弥の問いかけに大きな反応を見せた雨柳は、口を開かずに「何故知っているんだ？」と、目で問い返してくる。

その顔を見ていると自分の勘が見事に的中した気がして、桐弥はエレベーター襲撃事件に関する記憶を、冷静な角度から反芻した。

「あの時、雨柳さんが気を失ってすぐくらいに……桜太さんは赤松組の三代目のことを、泥棒猫と言ったんです。組長に対してそんな言葉を使うなんて信じられないような話ですけれど、よくよく考えてみると……桜太さんと赤松組の間にはおかしな点が多いと思いました。雨柳さんが、弟分の桜太さんをうちに誘わずに赤松に預けたことも不自然ですよね。盃外交として預けるなら、もっとそつが無いタイプの人を預けるはずで、桜太さんは明らかに向いていません。それなのに彼は赤松組で大変可愛がられ、異例の出世をしました」

赤松組若頭の鶴田と桜太の間に、徒ならぬ関係があったという噂を思い起こしながら、桐弥は自分の勘を信じて突き進む。年の離れた二人を親子のようだと感じたことや、桜太の言葉を組み合わせると、一つの仮説ができあがった。

「桜太さんは、若頭の鶴田さんと何らかの関係があると噂されていましたが、そうではなくて……本当は赤松組の三代目と関係があったんですね？　それはたぶん、表沙汰にはできない親子関係ではないかと思いましたが、違いますか？」

「三代目が泥棒猫なら、盗まれたのはおそらく桜太さんのお母さん。被害に遭ったのは、三代目と以前盃を交わしていた桜太さんのお父さん。この人は雨柳さんのお父さんの弟分でもありますよね？」

雨柳の顔を見ながら話している桐弥は、返ってくる表情によって確信を得る。彼の驚きがどこにあるのかも、よくわかっていた。

「桜太は……っ、実の父親が誰か……知っていたのか……」

「はい、あの発言から察する限り知っていたんだと思います。だから雨柳さんがその件で責任を感じる必要はないんです。桜太さんを赤松組に欲しがったのも、血縁関係があることを口止めしたのも赤松組の三代目なんですよね？　貴方は桜太さんのためを思って――いいえ、もちろんうちとの外交に利用できるという計算はあったと思いますが、いずれにしても赤松組の三代目の要請に従っただけでしょう？　当時の雨柳さんの立場では逆らえるはずもありませんし、桜太さんの戸籍上の両親が亡くなっている以上、それは自然な流れだったと思います。こう考えると、桜太さんのことで責任を感じた三代目が出家までして、赤松組を丸ごとうちに差し出したのも……合点がいきます」

「桐弥……っ」

「――……」

絶句したまま動かない雨柳の唇を見つめて、桐弥はこれ以上何も言うまいと思った。

両親の死を悲しめば彼を苦しめるのもわかっており、これから先の生き方や、雨柳との関係のあり方について思考を巡らす。

猪熊や萩宮を殺した彼を責めた時とは真逆に、雨柳を常に上回れる悪として、強く強く生きていこうと思った。

桐弥は自分が、亡き母のような極道の妻ではいられないことを重々承知している。胴師として極道そのものとなり、雨柳と共に闘い、時に妻のように癒すこの道を、百度生まれ変わっても選ぶと誓った。

「雨柳さん……」

桐弥は固く結ばれた唇に視線を注いだまま、そこに口づけたい衝動に駆られる。いったいもうどれだけキスをしていないのだろうかと、考えずにはいられないほど欲しかった。

「雨柳さん、顔に触ってもいいですか？」

桐弥が問いかけても、雨柳はただ目を剝くばかりで返事をしない。仕方なく勝手に頰に触れると、警戒する野生動物のように張り詰めた意識を、掌に感じられた。

「桐弥……」

「あの日、多くは望まないなんて言われて……とても悲しかった。でも貴方が手術を受けている間に、自分が如何に傲慢だったかわかったんです。求められることが当たり前になっていると、甘えてしまってダメですね」

苦笑しながら雨柳の頬を撫でた桐弥は、肌の温もりに涙を堪える。

あのまま彼が冷たくなっていたら、桜太の言う通り後を追うしかなかった。それ以外の選択肢が浮かばない勢いで、今こうして目の前にいる彼を愛しく思う。

「雨柳さんが僕を胴師としてしか見てくれなくなって、もう要らないって言ったとしても、僕は貴方を求めます。貴方の幸せを、身を引いて祈ってなんてあげません」

「――何を言ってるんだ……お前の両親は、俺のせいで殺されたんだっ！　お前の肩にも、一生消えない傷が残ったはずだっ！」

振り絞るように言った雨柳に向かって、桐弥は身を乗り出す。まだ完治していない肩が痛むのを隠しはせず、顔を顰めつつも彼に迫った。

「それならそれも利用させてもらいます。貴方が僕を拒絶するなら、僕は貴方の罪悪感につけ込んででも、貴方を必ず手に入れる」

「桐弥っ……」

「僕は極道の人間ですからね、威《おど》しもしますよ」

桐弥は雨柳の手と頬に触れながら、彼の唇を塞ぐ。

こうするといつでも、互いの体に流れる極道の血が共鳴し合うのを感じられたが、今は違っていた。「愛している」という言葉の方が、数段大きく響き渡る。

「……っ、ん……っ」

雨柳の唇や舌に温度があることや、彼が息をしているという喜びで胸が満たされる。

桐弥は抑えきれない欲望に抗うことなく病衣に触れ、腰紐をほどいた。包帯の上はそっと掠める程度に越えて下着に触れると、彼の手が肩に伸びてくる。

「――肩が……痛むんじゃないのか？」

「雨柳さんこそ、腹部の傷は大丈夫ですか？　僕は今、節操のない……とてもはしたないことを考えています。痛むなら遠慮しますが、それ以外の理由で拒絶は認めませんよ」

ベッドに体重を移し、口角や頬にキスを注ぎながら囁いた桐弥に、雨柳は俄かに笑う。

それは何とも複雑な微苦笑だったが、愛され求められる悦びに裏打ちされていた。


はだけたシャツ一枚の姿で、桐弥は自ら身を浮かせる。

特別個室のベッドに横たわる雨柳の体を跨ぎ、髪を揺らしながら腰を上下させた。

包帯でがっちりとサポートされた腹部に触れぬよう気をつけて、マットに指を立てては浮かせ、ペニスが抜ききれないところまできて再び沈む。

「……はっ、ぁ、ぁ……んっ」

「桐弥……っ」

「んっ、ふ……ぅ！」

桐弥はこれまでの自分では考えられなかったほど積極的に、雨柳の怒張を迎え入れた。

彼の上で舞うようにしながら、思うままに貫かれ、肉傘で逆撫でされる。

「ふぁ……っ、ぃ、ぃ……っ……！」

主導権を握ったセックスには、一味違った官能があった。

雨柳との繋がりが精神的にも肉体的にもより深くなるのが感じられ、その一体感を貪欲に求めずにはいられなくなる。

「──……っぃ、ぁ……あっ、ぁ……っ！」

ズチュズチュと鳴る結合の中で、桐弥は背中をそっと引き寄せられた。

雨柳の上を蝶のように舞っていた体に、二本の手が這い始める。

「はっ、ぁ、雨柳……さっ、ぁ……」

左手で肩甲骨を捉えられ、右手では乳首を弄ばれながら、もう片方の乳首に唇を押し当てられた。そこから雨柳の舌が伸びてきて、尖った状態で乳首を舐める様子が、見なくてもリアルに感じられる。

「ふぁぁ、はっ、ぁ……んっ！」

指の腹で擦られ、収穫する実のように勃ち上げられる左の乳首と、唇で挟まれ、濡れた舌で円を描きながら押し潰される右の乳首──片や引っ張られ、片や凹まされて、意識も快感も胸にばかり集中する。

「──腰が止まってるぞ」

上目遣いでそういう雨柳の頭を掻き抱き、桐弥は秘孔にキュゥッと力を込めた。

乳首への愛撫を失いたくなくて、一度離れた舌恋しさに胸を突き出してしまう。腰は止めたままだったが、秘洞をうねらせるように締めると、雨柳は柳眉を寄せて反応した。

「んっ、ん、ぅ……っ、はっ……ぁ」

「……ッ！」

「雨柳さ……んっ、もっと……もっと——……して」

桐弥の求めに従って、雨柳は再び乳首を吸う。指先でもう片方をやんわりと揉みながら、舌でぐりりと、胸を掘るように愛撫した。

「はっ、ぁ……ぅ、ふっ、ぅ——……！」

止めていた腰を下から突き上げられ、桐弥はより強く雨柳の頭を抱く。

うなじから髪を逆撫でするようにして、彼の腰が動いていることを認識した。

「雨柳さんっ、ダメ……ッ、ぁ……動いちゃ……ぁ、傷……っ」

傷が開いてしまうから——と言いかけた桐弥だったが、いきなり起き上がった雨柳に押し倒され、言葉など続けられなくなる。彼を跨ぎ、その頭部を両手で強く捉えていたはずが、一瞬にして形勢逆転していた。

「あっ、はっ、ぁあああぁ——っ！」

仰向けに寝かされた桐弥は、雨柳の脚が移動する様を背中で捉える。彼がマットの上に

膝を立てるのもわかり、結合したまま大きく脚を開かれた。

「ひぅっ、ぁぁ……っ、ぁ、はぁ、あぁぁぁ――……っ！」

脛を肩に担がれた時にはもう、体重をかけて一気に突き落とされていた。

桐弥が腰を上下させる時の深さとは比べものにならないほど深く、雨柳が入ってくる。

肉の矢のようなペニスに奥を重々しく突かれ、いつでも絶頂に手が届いた。

「いゃ、ぁ……ぅりゅ……さっ……！」

「桐弥……っ」

「――……も、ぅ、達っちゃぅ……っ」

桐弥は頭の中に明瞭にある不安を、目に頼って打ち消そうとする。

覆い被さる彼の包帯にどうにか視線を向けて、血が滲み出ていないことを確かめた。

「桐弥」

「……雨柳さ、ぁ、一緒……にっ」

力強い肉体や声に安心した桐弥がねだると、雨柳は快楽に柳眉を歪ませて、「ああ」と短く答える。腰をさらに叩きつけてくるその猛々しさに、わずかに残る不安などたちまち打ち砕かれていった。

「んっぁ、あぁぁぁ――……っ!!」「――……!!」

病室のベッドで二人――互いの体に必死に縋りながら、絶頂へと駆け上がる。

桐弥の頭の中では再び、「愛している」という言葉が反響し始めていた。

彼に向けて内側から溢れ出てくる言葉と、彼から大波のように打ち寄せられる言葉は、完全に一致している。そして息を止めて放ち合う瞬間――耳にも確かに注がれた。

終章

八月中旬、大安吉日——鳳城組本部大広間に於いて、代目継承式が執り行われる。

同時に盃直しも行われ、通常の親子縁組盃儀式と同様に、上座には天照皇大神、神武天皇、今上天皇と書かれた三幅の掛軸が掲げられていた。そして中央には、日の丸と鳳城組の代紋が飾られている。正装した数百名の組員と、取持人である他組織の重鎮達に見守られ、厳粛な儀式は進行していった。

霊代である鳳城桐弥は上座の右側に、跡目である雨柳道風はその左に座り、音吐朗々と冴え渡る媒酌人の口上を聞く。

「霊代に申し上げます。御前にあります盃は、鳳城組四代目より、五代目に譲り渡します代目譲りの盃でございます。お気持ちだけお飲みになり、お下げ渡し願います」

媒酌人の言葉通り盃に口をつけた桐弥は、それを静かに下ろす。

盃は介添人によって媒酌人の元へと運ばれ、清めの所作が繰り返された後に、検分役に届けられた。

「この盃こそ、五代目継承の出世盃であります。鳳城組五代目となられます雨柳道風殿に申し上げます。貴方はその盃を飲み干すと同時に、博徒鳳城組の歴史と共に、五代目の重責を担うこととなります。その自覚と覚悟ができましたなら、三口半にて飲み干し、懐中深くお納めください」

盃を差し出された雨柳は、口上が終わると同時に、それを両手で持ち上げる。

検分前に隆盛を祈る意味合いで御神酒を足されており、慎重に傾けねばならなかった。

零さぬよう口をつけた途端、畳が揺れるような祝福の拍手が巻き起こる。

その後、列席した親分衆らに向かって承認證が開示され、譲渡書や守り刀、任俠奥伝等が雨柳に手渡される。そして儀式は、最後を迎えようとしていた。

「それでは、霊代と五代目は席をお替わりください。席が替われば当代です！」

媒酌人に促されて同時に席を立った二人は、羽織袴姿で顔を見合わせる。

通常では考えられないほど、長い時間をかけた。

「雨柳さん、おめでとうございます」

声をかけるべきではないところで、桐弥はわずかに唇を動かし、潜めた声で伝えた。

「桐弥——生涯、俺の傍にいてくれ」

「はい、決して離れません。蝶を背中に彫って、貴方の緋牡丹に添う覚悟です」

「あれは痛いぞ」

「耐えてみせます。一緒に貴方の名前も入れましょうか？」

「ならば俺も入れようか」

「光栄ですが、恥ずかしいからやめてください」

二人の声は互いにしか聞こえないほど控えたもので、交わす笑みも誰にも見えないほど微かなものだった。

それ故に周囲は不可解に思い、今にもざわつきそうな雰囲気だったが、そうなる寸前に雨柳と桐弥は動き出す。すれ違った途端に、安堵の息が方々から漏れた。

二人が席を替えて座ると、これまで掲げられていた、『霊代鳳城桐弥』という書き上げがはらりと落とされる。そしてそこに、『五代目雨柳道風』と書かれた文字が現れた。

再び沸き起こる割れんばかりの拍手の中で、桐弥は感慨深く雨柳を見つめた。

血塗られた日々を越え、威風堂々と座っている五代目の晴れ姿が、瞼の裏に刻まれる。

鳳城組は博徒の誇りを胸に、新しい時代を迎えようとしていた。

あとがき

初めまして、またはこんにちは、犬飼《いぬかい》ののです。

そろそろオリジナルを書きたいな……と思って同人活動縮小宣言を出したところにプラチナ文庫さんからお仕事をいただきました。なんだか奇跡的なタイミングで、とてもありがたかったです。普段はここ→（http://houseki-hime.jp）で、萌えを叫んだりドール写真を公開したりしています。


今回書かせていただいた『そして蝶は花と燃ゆ』は、五年前に同人誌で書いた極道物をベースにしていますが、書き直したことで一層自分好みな傾向になりました。攻めが外見に反して危ういといいますか、最終的には受けの方が強かったり、女装の似合うちょっと色っぽい美少年が主人公だったり、蝶や花、刺青《いれずみ》と、好きな物ばかり散らしています。

そもそも極道物やマフィア物など組織絡みの話が大好きなので、とても楽しく書かせていただきました。法的に管理されていて身動きの取り難《づら》い日本の極道よりも、異国物で秘密結社のマフィア設定の方が好き放題なことを派手に書ける気がしますので（笑）、機会がありましたらそちらも書かせていただきたいです。

あと人外物も好きだったりします。なにしろドールが好きで、ドールのために働いているような気さえする今日この頃です。時々こう、「おかーさん新しいお洋服買ってー」とか、おねだりが聞こえる気がします。今回Cielさんにキャラクターイメージを伝える際も、うまく説明できなかったので桐弥《きりや》に関してはそれっぽい恰好をさせたドールの写真を撮り下ろして、「こんな感じの色っぽい受けなんですよ！」と力説しつつお送りしました。そのドール自体、Cielさんに協力していただいて韓国からお迎えしたドールでして、何かとご縁があったのです。おかげさまでイメージがばっちり伝わってよかったです！

今回大変ありがたい機会をくださった担当のI島さん、編集部の皆様、艶やかで麗しい雨柳《うりゅう》&桐弥を描いてくださったCielさん、本当にありがとうございました。

最後になりましたが、読んでくださった皆様に心より感謝致します。少しでも楽しんでいただけましたでしょうか？　ご感想などお寄せいただけましたら大変幸せです。よろしかったらまたお付き合いください。ありがとうございました！

二〇〇九年八月吉日　　犬飼のの

そして蝶《ちょう》は花《はな》と燃《も》ゆ

プラチナ文庫をお買いあげいただき、ありがとうございます。
この作品を読んでのご意見・ご感想をお待ちしております。

★ファンレターの宛先★

〒102-0072　東京都千代田区飯田橋3-3-1
プランタン出版　プラチナ文庫編集部気付
犬飼のの先生係 / Ciel先生係

各作品のご感想をWEBサイトにて募集しております。
プランタン出版WEBサイト http://www.printemps.jp

著者――**犬飼のの**（いぬかい のの）
挿絵――**Ciel**（シエル）
発行――**プランタン出版**
発売――**フランス書院**
〒102-0072　東京都千代田区飯田橋3-3-1
電話（営業）03-5226-5744
　　（編集）03-5226-5742
印刷――誠宏印刷
製本――小泉製本

ISBN978-4-8296-2446-3 C0193